L'extase de l'interdit

Après que Nadia découvre que Bady la trompe

Ashley Colem

L'EXTASE DE L'INTERDIT: APRÈS QUE NADIA DÉCOUVRE QUE BADY LA TROMPE

First edition. January 14, 2024.

Copyright © 2024 Ashley Colem.

ISBN: 979-8224096152

Written by Ashley Colem.

s'est poursuivie jusqu'à l'obtention du diplôme. Bady travaille pour la société financière de son père, et je ne suis toujours pas sûr de ce qu'il fait exactement, mais il avait l'air plutôt sympa lors de notre première rencontre. Je n'avais jamais eu de petit ami avant lui, et ce n'était pas un connard total, donc je suppose que c'est pour ça que j'ai dit oui quand il m'a demandé de sortir avec lui. Mais depuis lors, les choses entre nous ne cessent de se détériorer, du moins dans mon esprit. Cependant, je ne sais pas si Bady ressent la même chose.

Je n'arrive pas à mettre le doigt sur ce que c'est exactement, mais je suppose que je me sens plus comme un objet pour lui que comme une personne réelle quand je pense à ma place dans notre relation. C'est comme si Bady serait plus heureux de me montrer à ses amis et à ses parents que de me poser des questions sur ma journée et où je veux aller dans la vie.

C'est ainsi que la plupart de ses amis semblent se comporter également lorsqu'il s'agit de leurs petites amies. Le simple fait d'avoir une petite amie qui coche toutes les bonnes cases est plus important pour eux que de s'entendre avec elle de manière romantique et de partager une relation intime et émotionnelle. Et je suppose que la prochaine case que Bady veut vérifier en ce qui concerne notre relation est la case sexe.

Je n'ai pas du tout coché cette case – pas une seule fois dans ma vie – et je ne sais pas si Bady l'a fait non plus. Il prétend que non, mais je ne suis pas sûr de le croire. Il pourrait simplement dire qu'il est vierge aussi pour que je me sente plus à l'aise en lui donnant ma carte virtuelle. Honnêtement, j'ai l'impression que c'est le cas.

Je suis presque sûr qu'il l'a fait avec Jaime Peters, la fille aux énormes seins double D que je ne peux même pas faire du jogging que j'avais dans mon cours de trigonométrie. Ils sont sortis ensemble avant que lui et moi sortions ensemble, mais ils ont rompu pour une raison qu'il dit toujours qu'il ne veut pas aborder chaque fois que j'en parle. En fait, il est encore assez irritable malgré le fait qu'ils se soient séparés il y a plus de six mois.

J'ai toujours été jalouse de la taille de ses seins. Je sais que cela ne devrait pas vraiment avoir d'importance, compte tenu du fait qu'ils ne sont même plus en couple et du fait qu'elle est tellement empilée qu'elle ne peut même pas faire de sport, mais elle peut en gros porter n'importe quelle chemise et lui donner un look incroyable. avec ce support. C'est pas juste. Comment certaines filles sont-elles bénies et d'autres restent plates comme une planche jusqu'à l'été de leur première année et finissent par ne faire germer que des B ?

Bady me dit qu'ils sont géniaux et joyeux et que je devrais les aimer parce que je ne serai pas tout flasque et dégoûtant quand je serai plus vieux, mais une partie de moi pense qu'il dit n'importe quoi pour pouvoir entrer dans mon pantalon. C'est ce que font les gars de dix-huit ans, n'est-ce pas ?

"Tu es magnifique ce soir, mon petit câlin." La voix de Bady attire mon attention alors qu'il entre dans le salon où je suis assis au téléphone depuis quelques minutes. Snugglebutt – le surnom ringard qu'il me donne depuis deux mois. Je n'ai aucune idée d'où ça vient, pour être honnête, mais je continue en quelque sorte avec ça à ce stade.

"Oh merci." Je souris. Je ne porte rien de spécial et je ne me suis pas coiffé ni maquillé différemment non plus. En gros, j'ai l'air d'avoir l'air d'habitude quand Bady et moi sortons ensemble, ce qui confirme mes soupçons selon lesquels il essaie de faire l'amour ce soir.

Il s'approche du canapé et dépose des fraises enrobées de chocolat qui semblent faites maison.

Je soupire intérieurement. Je ne sais pas combien de fois je lui ai dit que je n'aimais pas les fraises, et cela ne fait que confirmer qu'il n'a pas écouté et qu'il cherchait simplement en ligne des conseils pour impressionner votre petite amie. Soit ça, soit il vient juste de demander à un de ses amis.

J'ai vraiment envie d'entrer dans le vif du sujet avec lui juste pour voir sa réaction, mais je sais qu'il n'en vaut pas la peine. Rien de tout cela n'en vaut la peine. Alors à la place, je prends juste une des fraises, prends la plus petite bouchée qui est principalement du chocolat, l'avale sans goûter et je souris.

"Bien?" il demande.

J'acquiesce. "Ouais."

"Je savais que tu les aimerais." Il sourit. "Voulez-vous un seltzer?"

"Bien sûr", je réponds, essayant déjà de trouver une excuse pour sortir d'ici. Peut-être que ce soir est en fait une bonne nuit pour rompre avec Bady. Je pense qu'il est désormais clair que cela ne fonctionnera tout simplement pas pour moi.

Il me tapote le genou et se lève. "Je reviens tout de suite."

Encore une fois, j'acquiesce et le regarde se diriger vers la cuisine. Une fois qu'il est parti, je sors mon téléphone et j'ouvre un SMS à Sarah, une de mes amies, mais avant même de pouvoir commencer à taper, le téléphone de Bady vibre sur la table basse.

N'étant pas du genre à fouiner, je l'ignore, je reviens à ce que je faisais et j'envoie un texto à Sarah, lui faisant savoir que j'aurai peut-être besoin d'être emmené d'ici bientôt. Mais avant même que je reçoive une réponse de sa part, le téléphone de Bady vibre à nouveau.

Désormais, personne n'envoie souvent de SMS à Bady. Il participe à quelques discussions de groupe avec ses amis, mais ils s'envoient simplement des mèmes stupides et des choses comme ça, et il les coupe généralement lorsqu'il va faire quelque chose avec moi, donc quoi qu'il se passe en ce moment, ça ne devrait pas être le cas. l'un de ces.

Lui et moi envoyons des SMS fréquemment, mais je suis assis ici, donc ce n'est clairement pas moi.

Le téléphone vibre à nouveau et une oppression se forme dans ma poitrine. Il se passe quelque chose. Je n'aime peut-être pas beaucoup Bady, j'ai peut-être pensé à rompre avec lui il y a un instant, mais cela ne veut pas dire que je suis d'accord qu'il me fasse des manigances dans le contexte de notre relation - si c'est effectivement ce qui se passe ici.

Son téléphone vibre encore une fois et je fais quelque chose que je ne devrais absolument pas faire ; Je l'attrape et jette un coup d'œil aux alertes.

Biggies LLC : Bady, où es-tu ?

Biggies LLC : Bady, qu'est-ce que c'est ?

Biggies LLC : Jouez-vous dur pour obtenir à nouveau ?

"Biggies LLC?" Je me dis doucement. « LLC n'est-elle pas une entreprise ou quelque chose du genre ? » Je ne sais pas vraiment, mais j'ai déjà entendu mon père prononcer ce terme. Il n'y a aucune raison pour qu'une entreprise envoie des SMS à Bady de cette façon, surtout à cette heure de la nuit.

Je suppose que Biggies LLC n'est qu'un nom inventé pour cacher la vraie personne qui lui envoie un SMS.

Il y a un dernier texte que je n'ai pas encore vérifié, et c'est un message photo. Je n'ai en quelque sorte pas envie de l'ouvrir. Mon rythme cardiaque a augmenté et je sens que je commence à transpirer, mais j'entends aussi Bady dans la cuisine. Et au bruit des choses, il a presque fini de récupérer nos seltzers et sera de retour ici d'une seconde à l'autre, donc je veux être parfaitement préparé et au courant de tout ce qui se passe...

Alors j'avance et j'ouvre le message à une énorme paire de seins qui me regarde droit dans les yeux. Et je vais vous dire, il ne faut pas non plus être un génie pour découvrir à qui ils appartiennent.

À ce moment-là, à ce moment précis, Bady revient dans la pièce, un seltzer dans chaque main.

"Hé, Snugglebutt, j'ai nos seltzers..." Le sourire se fige sur son visage et se transforme instantanément alors que sa mâchoire tombe et qu'il me regarde avec un air de merde de pure culpabilité.

Je tourne le téléphone dans sa direction pour qu'il puisse voir ce que je regarde et force le plus faux sourire possible.

"Alors, comment va Jaime?"

Chapitre2

Nadia

« Ce n'est pas à quoi ça ressemble ! » Bady répond, la voix pleine de panique.

"Oh, ce n'est pas le cas?" Je réponds en faisant défiler vers le haut pour révéler le reste de leur conversation, qui remonte à des semaines, voire des mois. "Parce qu'il semble que vous envoyiez des SMS depuis aussi longtemps que vous et moi sortons ensemble."

Bady se précipite et m'arrache le téléphone des mains. Je ne l'ai jamais vu trébucher de telle manière qu'il faisait défiler l'écran comme s'il ne savait pas ce qu'il regardait.

C'est une performance qu'il fait, et je dois l'admettre, c'est presque convaincant. Mais je me lève déjà et je vais à la porte chercher mes affaires.

Mon téléphone vibre dans ma main et je le vérifie rapidement.

Sarah : Je serai là dans cinq heures.

"Je suis désolé, Nadia!" Bady proteste en me poursuivant alors que je récupère mon sac à main et mon manteau. «Je ne voulais juste pas la contrarier...»

"Très bien." J'acquiesce en me dirigeant vers la porte. « C'est pourquoi vous ne l'avez pas bloquée et pourquoi elle est dans votre téléphone sous un faux nom ? Tout à fait approprié, si je puis le dire.

Bady ouvre la bouche pour continuer la discussion mais la referme lorsqu'il réalise qu'il n'a plus rien à dire. Dieu merci, j'ai été assez intelligent pour ne pas m'inquiéter de cet idiot.

« Nous avons terminé, Bady. Je pars maintenant," répondis-je en ouvrant la porte. Je fais quelques pas dehors dans l'air frais de la nuit, puis m'arrête, me retourne et lui jette un coup d'œil. « Tu sais, je déteste les fraises. Je ne sais pas combien de fois je te l'ai dit.

Je laisse Bady derrière moi, je descends ses marches et me dirige vers le trottoir, me déplaçant aussi vite que possible tout en essayant de ressembler à une chef de file totale qui contrôle ses émotions et qui ne pourrait pas être plus heureuse que de le faire. Je viens de larguer son petit ami menteur et infidèle.

Et d'une certaine manière, c'est en partie vrai. Je cherchais en quelque sorte une excuse pour me débarrasser de Bady, mais en même temps, personne n'aime être trompé, surtout avec une fille comme Jaime, la fille avec le meilleur rack dans un rayon de 80 kilomètres. Maintenant, je me sens comme un hamburger de Wendy's trop cuit pendant que Bady était en train de se livrer à la cuisine trois étoiles de Gordon Ramsay.

Je suis sur le point de jeter mon téléphone dans les buissons quand Sarah s'arrête à côté de moi, baisse sa vitre et crie : « Hé, salope ! Elle me sourit, faisant de son mieux pour détendre l'ambiance alors qu'elle se penche et ouvre la portière du côté passager.

"Montez!"

Dieu merci, je réfléchis en prenant une profonde inspiration, en me jetant pratiquement sur le siège et en claquant la porte derrière moi.

"Conduis", je lui dis.

"Où aller?"

"N'importe où mais putain ici."

Sarah hoche la tête et appuie du pied sur l'accélérateur. La voiture avance brusquement, les pneus crissent dans le quartier calme de la banlieue. Je lui jette un coup d'œil sous le choc, mais elle me sourit en retour, la paume tendue pour déjà maîtriser tout ce que je pourrais avoir à dire.

« Détends-toi, salope. J'ai un endroit parfait où aller, d'accord ?

Je me contente de sourire, d'appuyer ma tête en arrière sur le siège et de remettre ma vie entre les mains de Sarah – au moins pour le reste de la soirée. Elle a été ma meilleure amie tout au long du lycée, donc si elle dit qu'elle a l'endroit parfait, alors elle a l'endroit parfait.

"Alors tu vas me dire ce qui s'est passé?" elle demande.

"Eh bien, il essayait de me faire abandonner ce soir", dis-je avec un soupir.

"Comme nous le soupçonnions." Elle acquiesce.

"Mais il s'est avéré... qu'il trichait."

"Vous plaisantez", gémit Sarah. « Cette merde ! Avec qui?"

«Jamie Peters.»

"Jamie aux gros seins?" Sarah répond. "Je pensais qu'ils avaient rompu."

"Je le pensais aussi", dis-je avec un soupir alors que mon téléphone vibre avec plusieurs SMS de Bady.

"Est-ce que c'est lui?" demande Sarah. J'acquiesce en les feuilletant. "Qu'est-ce qu'elle dit?"

«Je suis désolé... j'ai fait une erreur... je t'aime... des conneries typiques. Je vais le bloquer maintenant.

Je le fais, sans hésitation.

"Je suis désolé, ma fille."

"Eh." Je hausse les épaules. « Ce n'est pas comme s'il m'avait brisé le cœur émotionnellement ou quelque chose du genre. Nous n'étions pas amoureux, tu sais ? Je ressens juste... »

"Comme si un gars te trompait encore ?" » suggère Sarah.

"Exactement."

Sarah hoche la tête et se gare dans un parking, et je réalise que depuis le temps que nous discutons, elle conduit assez vite et nous sommes arrivés au Sundown Beach, l'un des bars locaux de la ville. Je lui jette un coup d'œil alors qu'elle sort ses clés et attrape son sac à main.

"Que faisons-nous ici?" Je demande. "Aucun de nous n'a de contrefaçons."

"Pas besoin." Elle sourit. « L'ami de mon frère a commencé à tenir le bar ici la semaine dernière. Il nous laissera totalement entrer.

Avant que je puisse dire quoi que ce soit, elle saute hors de la voiture et se dirige vers la porte – une porte avec un énorme videur avec des bras de la taille de ma taille à côté.

"Sarah, attends!" Je siffle en sortant et en la poursuivant. Mais au moment où je l'atteins, elle se tient déjà juste devant lui.

"Pièces d'identité?" demande l'homme en nous regardant avec méfiance.

"Ouais, peux-tu dire à Jared que Sarah et Nadia sont là pour le voir ?" » dit-elle avec la confiance d'Hillary Clinton qui suinte de ses pores. Le videur la regarde une seconde, mâchant son chewing-gum, et pendant une seconde, je suis sûr qu'il va juste nous dire de nous perdre. Mais à ma grande surprise, il relève le menton et se lèche les dents en réponse.

"Attends ici."

Sur ce, il disparaît à l'intérieur. Sarah se tourne vers moi et me lance le sourire le plus fier et plein de dents. "Voir ? Je t'ai dit que ça marcherait !

"Ouais, eh bien, nous n'avons pas encore vu-"

Avant que je puisse finir, la porte du bar s'ouvre et le videur réapparaît. Il s'écarte et nous fait signe à tous les deux.

"Entre."

Aucun de nous ne dit rien mais suivez simplement son geste et entrez dans le bar. C'est plutôt plein avec une foule de gens visiblement beaucoup plus âgés que nous ce soir. Sarah repère instantanément Jared, m'attrape par la main, me tire à travers la horde de gens jusqu'à lui et claque sa paume sur le dessus du bar pour attirer son attention.

« Deux coups ! Quoi que vous vouliez, rendez-les forts », dit-elle. "Cette salope vient de se faire tromper par sa bite de petit ami."

Plusieurs sons de compassion s'élèvent de la foule autour de nous, et Jared fait immédiatement une grimace – une grimace semblable à celles qu'il a faites et qui m'ont toujours fait souhaiter d'avoir un frère comme lui.

"Merde, Nadia, je suis désolé", dit-il en attrapant deux verres à shot et en les remplissant de quelque chose de sombre. « Tu veux que je le tue ? Je pourrais le tuer.

"Oui!" Sarah répond.

"Non." Je secoue la tête. "Il n'en vaut pas la peine."

"C'est vrai", reconnaît Sarah. « De bas en haut ! »

Nous prenons nos shots et j'essaie de faire comme si mon premier réflexe n'était pas de tousser et de me trancher la gorge. La vérité est que je n'ai jamais fait la fête au lycée et que je ne me suis jamais habitué au goût ou à la sensation de l'alcool.

« Pourtant, nous ne pouvons pas avoir plus d'hommes sur terre qui vont simplement tromper plus de filles et leur briser le cœur, n'est-ce pas ? Une voix masculine inconnue derrière moi me fait me retourner et je me retrouve à regarder un homme incroyablement magnifique, habillé de manière décontractée, sans cravate, col de chemise ouvert, une main secouant simplement le verre avec ce qui reste d'un cocktail.

"Putain de merde, Nadia", me chuchote Sarah à l'oreille, juste assez fort pour que je l'entende.

On dirait qu'il aurait pu tout juste sortir des pages d'un magazine pour hommes ou peut-être posséder un magazine pour hommes pour lequel il ne prend pas la peine de devenir mannequin parce qu'il est déjà trop riche. Il est définitivement plus âgé que moi et a un look viril, mais il a aussi un charme juvénile en même temps. C'est une combinaison incroyable, comme un dessert au caramel salé qui ne semble pas fonctionner sur le papier mais qui a un goût absolument délicieux une fois que vous l'avez dégusté.

"Non, je suppose que nous ne pouvons pas", je réponds après que Sarah m'a frappé dans le rein, me faisant réaliser que je ne lui ai pas répondu et que je suis juste resté bouche bée devant sa beauté comme un pré-adolescent lors d'un concert de Harry Styles. . « Mais qu'est-ce que cela dit de vous, M. Random Gentleman ? Que tu es d'accord pour assassiner des gars qui se comportent comme des connards ?

« Protéger les femmes, on pourrait appeler ça », répond-il, me mettant presque au niveau du charme qui se dégage de lui alors qu'il sourit. « Ou est-ce que cela me fait trop ressembler à un chevalier blanc ? »

"Un petit peu." Je souris en retour, levant mon pouce et mon index avec rien d'autre qu'un espace entre eux.

Il sourit et se lève, et j'ai presque le souffle coupé en réalisant à quel point il est grand. Ce n'était pas évident auparavant puisqu'il était assis sur un tabouret de bar, mais maintenant il domine Sarah et moi. Il doit avoir au moins un mètre quatre-vingt-dix et être dans une forme incroyable, comme un homme qui passe chaque jour au gymnase ou qui est né avec la meilleure génétique du monde, ou les deux.

Il sent également très bon, et pas non plus à la manière d'une eau de Cologne de créateur pour hommes. C'est juste lui. Son odeur envahit mes narines et provoque l'allumage de mes phéromones (est-ce le bon mot ?) ainsi que de mes hormones. À chaque reniflement, mon nez commence à me dire de me préparer à l'odeur de quelque chose que je ne veux pas sentir – l'odeur corporelle d'une personne inconnue – mais cela n'arrive jamais à ce point. J'apprécie ce que j'inhale tout le temps.

Qu'est-ce que c'est? Que se passe-t-il en ce moment ? Sérieusement.

"D'accord, je vais revenir un peu en arrière", dit l'homme. Toujours souriant, il me tend la main. « Malcom. Mais mes proches m'appellent Mal.

"Nadia", je réponds en lui prenant la main. "Les gens m'appellent Nadia."

Ses yeux se fixent sur les miens alors que nous tremblant, et j'ai l'impression pour la première fois depuis des mois que cet homme se soucie réellement des mots qui sortent de ma bouche. Non, je sais que oui.

"Eh bien, Nadia", dit Mal, en me tenant toujours la main, "ça te dérange si je t'offre ton prochain verre ?"

Chapitre3

Malcolm

Il y a des gens qui croient au véritable amour, et d'autres qui n'y croient pas. Je pensais que je faisais partie de ceux qui l'ont fait jusqu'à tout récemment. J'allais trouver ma femme, l'épouser, m'installer, avoir des enfants en désordre et vivre heureux pour toujours.

Et puis cela s'est produit, et toute ma vision du monde a changé.

Ma sœur, eh bien, elle est un peu plus optimiste. Elle s'est mariée avec un gars nommé Thomas, dont je ne suis pas fan, et elle va faire en sorte que les choses fonctionnent. C'est du moins ce qu'elle me dit depuis leur première rencontre, il y a un an et demi.

Pas moi. Je ne force pas toute cette histoire de fin heureuse. Pas plus. Mais je suis toujours un homme et je ne vais pas laisser passer une beauté comme celle qui se tient devant moi en ce moment.

Nadia...

Elle est peut-être la plus belle fille que j'ai jamais vue. En fait, grattez ça – elle l'est. Et elle n'est même pas habillée non plus. Elle a l'air tout à fait normale : un jean tendance avec un chemisier jaune clair, un joli petit collier en or et ce qui semble être un travail de maquillage normal. Soit ses cheveux sont naturellement ondulés, soit elle y a fait un petit quelque chose. Quoi qu'il en soit, j'aime ça et je sens mon pantalon se serrer depuis le moment où je l'ai vue.

Sa main semble prête à brûler dans la mienne. C'est doux comme de la soie, tendre et minuscule, délicat comme un trésor. Je ne veux pas lâcher prise, mais je sais que si je continue à tenir le coup plus longtemps, la probabilité que je passe pour un sale type va monter en flèche, alors j'espère qu'elle se dépêchera et cédera. moi une réponse à ma question. Mais elle continue de me regarder avec des yeux étoilés, comme si je lui avais demandé quelle était son opinion sur la théorie des cordes.

Heureusement, son amie derrière elle (dont je ne connais pas le nom) lui donne un coup dans le dos et la sort de sa stupeur.

"Oui bien sûr!" lâche-t-elle.

Je souris et la libère. "Qu'est-ce que tu voudrais?" Je demande.

Cela semble lui causer une certaine détresse, et elle jette un coup d'œil à Jared puis à moi.

"Tu sais, je ne suis pas un grand buveur... je..."

"Non?" Je demande. "Hé, tu n'as pas seize ans, n'est-ce pas ?"

"Non!" » claque-t-elle rapidement. "Je suis" - elle se penche - "J'ai dix-huit ans, merci beaucoup."

Ma bite se raidit. Je souris et murmure en réponse: "Je ne devrais toujours pas être ici."

"Nous connaissons Jared."

"Ah." J'acquiesce. Puis une idée me vient, je tends la main et lui reprends la main. La douceur, la tendresse, la sensation de tenir un trésor me frappe d'un coup et je suis conquise.

« Désolé, tout le monde », dis-je juste assez fort pour que la foule environnante puisse m'entendre. "Mais cette fille n'est pas assez vieille pour être ici."

"Que fais-tu!?" Nadia siffle.

«Je m'appelle le lieutenant Malcom Smitherson. Je travaille sous couverture ce soir," continue-je en l'éloignant du bar. «Je vais devoir l'escorter jusqu'à la gare. S'il vous plaît, personne ne fait de scène ! »

Je regarde Jared et le vois retenir un sourire, mais à ma grande surprise, je peux voir son amie (quel que soit son nom), faire la même chose alors que Nadia la regarde avec panique.

"Sarah!" elle rappelle.

Ah, c'est donc son nom.

"Hé, ne me regarde pas!" Sarah rappelle.

Je fais sortir cette fille d'ici maintenant. Est-ce chaud et âgé de dix-huit ans ? Incroyable. Elle se moque de lycéens qui ne savent pas comment la traiter, qui la trompent comme un gars qui possède une Ferrari, la conduit dans la boue et ne la lave jamais.

Nadia a besoin d'un homme réel pour la traiter comme elle est censée être traitée, et c'est moi. Elle n'est pas seulement un beau corps. Elle est pleine de courage. Je l'ai remarqué à la minute où elle a commencé à me parler. J'aime ça chez une femme. Je suppose que je ressemble à mon père de cette façon.

J'ouvre la porte dans la nuit et je passe devant Cameron, le videur, qui est en train de fumer. "Passe-en une bonne, Cam."

"Toi aussi, Mal."

Je tourne à droite vers l'endroit où j'ai garé ma voiture et je sens Nadia tirer contre ma poigne sur elle.

« Lieutenant Malcom Smitherson ? Tu te moques de moi, putain ?

"Pourquoi?" Je demande en la tirant vers le haut du bloc. « Les filles n'aiment-elles pas les policiers ?

Il y a une pause et j'entends pratiquement les engrenages vrombir dans son crâne avant qu'elle ne parle à nouveau. "Tu dois baiser avec moi."

Nous avons atteint ma Maserati argentée, alors je m'arrête dos à elle et j'utilise la télécommande pour la déverrouiller. Les lumières illuminent sa beauté. S'il restait le moindre doute dans mon esprit, il est désormais dissipé.

"Oui je suis." Je souris. "Je baise avec toi."

"Mais pourquoi-?"

"Parce que je veux te ramener à la maison avec moi, Nadia." Son visage perplexe est absolument adorable. Je me retourne et lui ouvre la portière passager. "Et j'avais besoin de te trouver une excuse."

"Une excuse?"

«Pour te sortir de là», dis-je. «Je savais que tu ne voudrais pas partir avec un homme que tu viens de rencontrer. Même s'il était d'une beauté troublante.

« C'est inquiétant ? » répète-t-elle, essayant sans succès de ne pas sourire alors que je la dirige vers la portière ouverte de la voiture. C'est une danse, une danse lente exécutée par deux partenaires qui commencent tout juste à se sentir.

Je m'attends à d'autres protestations de la part de Nadia, mais je n'en reçois aucune. Au lieu de cela, elle m'accompagne simplement pendant que je place une main sur le bas de son dos et l'autre sur sa taille et que je la guide vers la voiture.

Elle me regarde avec les yeux les plus magnifiques et les plus vulnérables alors que je ferme la porte et que je fais le tour à mes côtés. Mon cœur bat à tout rompre dans ma poitrine alors que la partie la plus primitive de mon côté masculin bat avec impatience et désir. Mes hormones font rage alors que je m'assois à côté d'elle et m'éloigne du bar.

Je remarque maintenant qu'elle sent même merveilleusement bon. Je ne sais pas si c'est son savon, son shampoing ou une sorte de petite touche de parfum qu'elle met, mais je ne m'en lasse pas. Et dans cet espace clos de ma voiture – maintenant que nous ne sommes plus dans le bar – j'ai l'impression de mourir et d'aller au paradis.

"Alors c'est ce que tu fais?" demande-t-elle en tournant un regard semi-accusateur dans ma direction.

"Qu'est ce que c'est?"

"Utilisez votre rizz affirmé et viril sur les jeunes filles au bar et faites-les rentrer à la maison avec vous?"

Ouais, elle a beaucoup de courage.

"Rizz?" Je réponds avec une moquerie. « Excusez-moi, Nadia, est-ce que vous m'accusez d'être un joueur ? »

Nadia hausse les épaules. « Eh bien, que diriez-vous à Michael Jordan si vous le voyiez tirer à trois points ? »

Un sourire se dessine sur mes lèvres. Nous ne sommes plus loin de chez moi maintenant. Je prends une profonde inspiration de son parfum et lui donne un petit haussement d'épaules arrogant. "Alors tu dis que je suis le MJ ofrizz, Nadia ?"

Nadia me rend simplement mon sourire, accompagné d'un haussement d'épaules, et reporte son attention sur la route.

« Alors tu as dit que vous connaissiez Jared ? Vous et votre ami?"

«Mon ami le connaît», répond-elle. "J'étais juste là pour le trajet."

« Noyer vos chagrins », je suggère. Encore une fois, elle hausse les épaules.

« Comme je l'ai dit, je ne suis pas un grand buveur. C'était le grand projet de Sarah.

Il y a quelque chose de différent chez cette fille – quelque chose sur lequel je n'arrive pas vraiment à mettre le doigt. Et ce n'est pas non plus le fait que je sois presque hypnotisé par son incroyable beauté. J'aime la façon dont elle me renvoie tout ce que je lui lance, mais selon les mots de Shrek, les ogres sont comme des oignons, un âne ! Et je ne peux m'empêcher de penser qu'il y a beaucoup plus chez cette fille, et je le ferais. j'adore aller au centre et découvrir chaque instant d'elle.

Nous arrivons chez moi et alors que j'arrive, Sarah la regarde, puis me regarde et me regarde.

"Donc que fais-tu?" elle demande. « Vous possédez quelques entreprises ? Des mines d'émeraude en Afrique ? Vous dirigez un réseau international de trafic de drogue ?

"Allez," je ris. "Ce n'est pas si gentil."

"Non? Tu devrais voir où je vis actuellement.

"Eh bien, je pourrais peut-être t'aider avec ça en fait..."

Nadia lève rapidement la main. "Merci, mais je n'ai pas besoin d'un Sugar Daddy."

Mon niveau de respect pour elle augmente instantanément. Dans mon métier, il est difficile de compter combien de filles viennent me voir pour obtenir de l'aide – combien de faveurs sont offertes si je pouvais simplement leur accorder une réduction sur le loyer. C'est arrivé tellement souvent que j'en suis devenu insensible à ce stade.

«Je suis propriétaire», je réponds.

"Ah." Nadia hoche la tête. "Donc l'écume de la terre."

"Oh, allez," dis-je en sortant et en faisant le tour de son côté de la voiture. J'ouvre la porte, la saisis par le poignet et la remets sur ses pieds. Elle trébuche en avant et ses beaux seins d'adolescente se pressent contre ma poitrine. Bon sang, je peux sentir à quel point ils sont parfaits, même à travers le tissu de sa chemise. « Vous, les filles, aimez les mauvais garçons. Admet le."

Ses lèvres sont parfaites.

Ses pommettes hautes. Ses yeux écarquillés et innocents me regardent.

Mon sang est chaud et coule dans mes veines alors que je la contourne et presse ma paume dans le bas de son dos.

« Personne, dans son bon sens, ne te tromperait jamais, Nadia », lui dis-je. "Même si cet homme était la racaille de la terre."

Je la vois commencer à rougir, ce qui ne fait que la rendre plus mignonne. Il n'y a rien que cette fille puisse faire qui ne me rende encore plus attiré par elle.

"Eh bien, quelqu'un l'a fait", dit-elle, une témérité dans la voix.

«C'est parce que ce n'était pas un homme», lui dis-je. "Et il ne savait pas ce qu'il avait avec toi."

Elle ouvre la bouche pour répondre, mais avant qu'elle ne puisse le faire, je me penche et l'embrasse.

Chapitre 4

Malcolm

Mes parents sont tombés amoureux quand ils étaient en deuxième année au lycée. Du moins c'est ce qu'ils m'ont dit. C'était lors du match de la finale de basket-ball auquel mon père jouait, et ma mère était tellement fascinée par son talent (et par le fait qu'il avait réussi le coup gagnant) qu'elle est tombée amoureuse de lui sur-le-champ.

Elle l'a approché après le match et, d'après mon père, il l'a choisie parmi toutes les filles qui se jetaient sur lui parce qu'il savait que c'était elle.

Il savait juste...

Jusqu'à ce qu'il ne le fasse pas.

Les lèvres de Nadia ont encore un goût de rhum, et même un soupçon sur sa langue douce et lisse alors que je presse la mienne contre la sienne. C'est un geste audacieux que je prends, et je sais qu'il y a une chance qu'elle puisse se retirer (surtout après m'avoir traité de racaille de la terre), mais elle ne le fait pas. En fait, elle m'embrasse en retour et se presse contre moi tandis que je place la paume de ma main contre le bas de son dos.

Elle s'adapte à moi comme une pièce de puzzle. Je m'imagine déjà sur elle, elle se penche et je la prends par derrière, elle à cheval sur mon visage et ma langue au fond d'elle. Bady, je ne me souviens pas de la dernière fois où j'ai eu autant envie d'une femme, surtout d'une femme que je venais de rencontrer.

Comme une canette de soda qui s'ouvre, je romps notre baiser, je l'attrape par la taille et je la jette par-dessus mon épaule. Elle crie, mi-choquée, mi-ravi, alors que je la porte jusqu'à la porte d'entrée.

"Oh mon Dieu, Malcom !"

"Mal", je grogne en utilisant ma carte d'accès pour ouvrir la porte. "Appelle-moi Mal."

Je suis en mode homme des cavernes à part entière lorsque j'entre chez moi. Ma maison est maintenant ma grotte. Ma garde-robe professionnelle décontractée n'est plus qu'un vêtement stupide que les hommes civilisés portent dans le cadre des rituels masculins modernes que nous sommes obligés de suivre pour gagner de l'argent.

Tout ce que je veux faire maintenant, c'est me libérer de tout ça et baiser cette magnifique femme insensée comme je suis censé le faire. Comme la nature veut que je le fasse.

Ma mâchoire est serrée alors que je la porte jusqu'au canapé et la jette sous moi. Ses seins rebondissent magnifiquement et je jette rapidement mon blazer de côté comme si je m'en fichais (parce que je ne pouvais pas).

Cela semble exciter Nadia, et ses yeux deviennent encore plus larges qu'ils ne l'étaient il y a un instant. Je ne prends même pas la peine de déboutonner ma chemise. Je l'attrape simplement par les épaules et l'enlève comme si ça me griffait, le jetant dans la même direction que mon blazer.

"Putain de merde", dit simplement Nadia. « Faire beaucoup d'exercice ? »

Je hausse les épaules comme si mon ego ne se gonflait pas comme un ballon avec sa bouche autour de la lèvre. "Une ou deux fois quand j'étais jeune."

"Oh, tu es vraiment une connerie."

Ma bite palpite sous mon pantalon, mais je ne suis pas sur le point de me déshabiller sans la déshabiller au moins un peu avec moi.

Je me penche et soulève l'ourlet de sa chemise, exposant sa taille plate et fine. Elle soulève ses hanches tandis que je passe doucement mes doigts sur la peau chaude, lisse et douce. Je soulève la chemise de plus en plus haut jusqu'à ce que son soutien-gorge soit visible. Je souris.

"C'est l'un de ceux qui se ferment sur le devant."

Nadia hoche simplement la tête pendant que j'utilise le pouce et l'index pour le défaire. Les bonnets tombent, exposant les seins naturels les plus magnifiques que j'ai jamais vu de ma vie (et que je verrai probablement jamais).

"Eh bien, tu bouges vite, n'est-ce pas ?" demande Nadia en me regardant. Ce n'est pas tant une question qu'une accusation, mais je vois clair.

"N'hésitez pas à m'arrêter à tout moment", je réponds en me penchant avec un autre baiser. Mais cette fois, je ne l'embrasse pas là où elle l'attend ; J'embrasse la peau innocente de son cou, faisant tomber un doux halètement semblable à un murmure de ses lèvres.

Elle tremble. Elle est peut-être une véritable cracheuse de feu lorsqu'elle fait des allers-retours avec moi, mais lorsqu'il s'agit de se soumettre à mon contact, elle ne semble pas aussi confiante.

C'est très bien. Je vais prendre le contrôle et la rendre agréable et confortable.

J'embrasse son cou, berçant son corps dans mes mains, respirant son doux parfum dans mes poumons. C'est son savon. Certainement son savon qui sent si bon sur elle.

Je continue d'embrasser sa poitrine, puis je berce ses beaux seins à deux mains et je prends chacun de ses mamelons entre mes lèvres comme deux douces petites boules de gomme roses.

Nadia halète, plus fort cette fois, et me saisit la tête à deux mains. Elle saisit mes cheveux, assez fort pour que ça me fasse presque mal, mais je m'en fiche. Je la laisserais tirer à deux poignées en ce moment, je suis tellement captivée par sa beauté.

"Tu es tellement magnifique", je murmure en descendant, baiser après baiser, absolument frappé par la beauté de son corps. Elle est comme une sculpture d'une déesse créée par un maître, perdue pendant des siècles, puis retrouvée, restaurée et placée dans un musée.

J'atteins l'ourlet de son pantalon et j'appuie sur le bouton, ce qui fait que ses hanches se détachent à nouveau des coussins du canapé, me faisant presque perdre les yeux dans le processus. Elle ne le remarque même pas, et je ne suis pas sur le point de dire quoi que ce soit – je continue simplement et tire la fermeture éclair vers le bas, révélant une culotte blanche en dentelle.

Il y a chez eux quelque chose de si délicat et de naïf qui contraste avec l'essence de cette situation. Le feu en moi rugit alors que je baisse son pantalon et le regarde s'accrocher à ses hanches si féminines. C'est comme si elle avait été construite pour me tenter, pour m'exciter, pour appuyer sur tous les boutons que j'ai conçus pour m'exciter, et quand ils atteignent ses genoux et que je vois qu'ils sont couverts de petits bleus, je le perds tout simplement.

"Putain, tu es sexy", je grogne en fermant les dents autour de la chair crémeuse et ivoire de sa cuisse droite. Je mords, juste assez fort pour la faire crier un peu, pas assez fort pour la blesser. Je ne ferais jamais ça. Pas à Nadia.

"Jésus!" » crie-t-elle en se blottissant contre moi d'une manière protectrice et instinctive. Mais avant qu'elle ne puisse réagir pleinement, j'enlève complètement son pantalon et la roule sur le ventre, la coinçant sous moi, exposant son joli cul qui ne demande qu'à recevoir une fessée.

Et c'est ce que je fais ensuite : je lui donne une dure fessée directement sur sa joue gauche. Je ne peux tout simplement pas m'en empêcher. Cette fille est bien trop pour moi. Elle fait ressortir chacune de mes pulsions masculines. Cela doit être ce que ça fait lorsque les lions entrent en chaleur et que le lion mâle épingle la lionne et se débrouille avec elle à cause de toutes les phéromones qu'elle libère.

Je n'ai jamais ressenti cela auparavant.

Nadia soulève ses hanches et me montre ses fesses – son petit string en dentelle blanche qui passe la fente au fil dentaire – et sans hésitation, je l'accroche avec deux doigts et je l'écarte d'un coup sec.

Je suis presque sûr d'entendre du tissu ou du fil s'étirer ou se déchirer, mais je m'en fiche. Les tongs ne coûtent pas cher. Je vais juste lui en acheter une autre paire si elle fait des histoires. Et en plus, tout ce sur quoi je me concentre en ce moment, c'est la belle petite pêche rose entièrement cirée que je vois maintenant briller vers moi.

"Bady, maintenant, si ce n'est pas la petite chatte la plus sexy que j'ai jamais vue..."

Nadia, les yeux brûlants de désir, me regarde alors qu'elle pince les lèvres avec scepticisme. "Je parie que c'est ce que tu dis à toutes les filles."

Jésus, elle est fougueuse.

Elle n'est pas ce que les garçons appellent aujourd'hui « épaisse », mais elle en a plus qu'assez derrière pour que je puisse la saisir - alors j'attrape une belle poignée de ses fesses et je me penche sur elle, en appuyant avec suffisamment de force. force pour lui montrer qu'elle ne va nulle part.

« Écoute, Nadia », dis-je en laissant mes lèvres effleurer son oreille, laissant entendre qu'il pourrait y avoir un baiser à venir. « Un vrai connard t'a menti aujourd'hui. La dernière chose que je ferai, c'est de te mentir encore aujourd'hui. Ou jamais. Vous me comprenez?"

Je l'embrasse délicatement juste en dessous de l'oreille, provoquant un gémissement très simple de ses lèvres alors que son corps se lève du canapé pour se presser contre le mien. Elle ne parle pas – elle hoche simplement la tête et tourne sa tête contre la mienne, presque dans une étreinte de reconnaissance.

Je glisse ma main gauche le long de son côté, mon érection devenant de plus en plus dure à mesure que j'admire chaque centimètre de ses courbes jusqu'à ce que je trouve également sa main. Je le descends jusqu'à mon renflement, la forçant à ressentir à quel point je suis excitée pour elle.

Au moment où ses doigts atterrissent là où je veux qu'ils soient, je sens son corps tout entier se raidir, sa respiration s'arrêter et sa tête se tourner pour qu'elle puisse me regarder en profondeur avec ses deux yeux.

"Est-ce-?"

"C'est sûr, ma chérie," je réponds. Je n'ai jamais été du genre à aimer les petits prénoms pour filles auparavant, mais celui-ci est tout simplement tombé de ma bouche comme si je l'utilisais depuis des années.

Ses yeux restent fixés sur les miens pendant plusieurs secondes, puis comme si elle me demandait la permission, puis-je juste... ? Elle serre légèrement mon renflement comme si elle testait ma taille – ou peut-être qu'elle cherchait ma forme – ou peut-être les deux en même temps.

"Mon Dieu... c'est énorme", haleta-t-elle.

"Comme le reste de moi", je réponds avec un clin d'œil sarcastique, faisant référence à son commentaire sur mes muscles plus tôt lorsque j'ai enlevé ma chemise.

Je peux dire qu'elle veut répondre, mais elle est trop absorbée par la situation. Elle baisse les yeux en direction de ma bite alors qu'elle la serre à nouveau, puis me regarde à nouveau.

« Là... il n'y a aucun moyen... »

"Bien sûr, ma chérie," je souris en baissant mon pantalon. "Quand on veut, on peut. Et je suis plus que disposé à faire en sorte que cela se produise maintenant, n'est-ce pas ?

Avant même que je puisse finir de sortir les mots de ma bouche, Nadia se roule sur le dos sous moi et attrape mon cou à deux mains.

"Tais-toi", dit-elle. "Tais-toi et fais ce que tu veux de moi."

D'accord, me dis-je instantanément, mes yeux parcourant son corps glorieux. Tu n'as pas besoin de me le redemander, princesse.

Chapitre5

Nadia

Alors Bady voulait coucher avec moi ce soir. Je le savais et je n'allais pas lui abandonner. Pas question que je lui cède. J'allais accepter toutes les bêtises qu'il avait planifiées (juste parce que, je suppose), éviter de lui écarter les jambes, rentrer chez moi et raconter toute l'histoire à Sarah.

Je n'étais tout simplement pas prêt à faire l'amour. C'est ce que je me suis dit. Mais maintenant, me voici, à quelques secondes de m'en remettre à un homme que je connais à peine, un homme que je viens de rencontrer au bar, un homme dont je ne sais même pas ce qu'il fait dans le travail – il pourrait être un tueur en série pendant Bon sang, et je pourrais être dans deux jours avant d'être placardé partout dans l'actualité et sur les réseaux sociaux : Nadia London a disparu il y a deux jours et a été vue pour la dernière fois quittant The Sundown Beach avec cet homme (insérer une photo de mon meurtrier). Personne en ville ni parmi les habitués du bar ne savent rien de cet homme, et on ne l'a pas revu depuis la disparition de Nadia...

Mais là encore, je suis probablement en train de me transplanter dans l'intrigue d'un de ces thrillers mystérieux que j'ai regardé ces derniers temps. Pourquoi est-ce que j'aime regarder autant d'émissions sur les morts de toute façon ?

La vérité est que Malcom – Mal – est incroyablement sexy, chevaleresque, plein d'esprit et charmant, avec le corps d'un dieu grec, et m'a rendu accro dès notre rencontre. Je me sens comme une sorte de poisson que lui, le maître pêcheur, a pêché à l'arrière de son bateau alors qu'il naviguait magistralement dans les eaux tumultueuses où je nageais (ou me noyais). Les poissons se noient-ils ?

Ses mains caressent mon corps et je m'abandonne simplement à lui. Fais ce que tu veux, c'est ce que j'ai envie de lui dire, mais je ne peux pas, c'est trop. J'ai l'impression que ça tuerait le moment ou quelque chose comme ça.

La vérité est que je ne sais tout simplement pas quoi faire pour le moment, alors Dieu merci, il le sait.

Quel âge a-t-il d'ailleurs ? Visiblement plus âgé que moi. Plus vieux que Bady. Probablement assez vieux pour que certaines des filles avec qui je suis allé à l'école – ou même certains garçons – s'y opposeraient. Je peux juste les entendre maintenant.

Il profite de toi, Nadia.

C'est totalement un prédateur.

Il devrait sortir avec quelqu'un de son âge.

Pourquoi n'est-il pas marié ?

Est-il marié ? Est-ce qu'il trompe sa femme ? Vous ne le savez même pas !

Eh bien, au moins pour le moment, ils peuvent tous aller se faire foutre. Je suis incroyablement excité, je sais ce que je veux et Mal va me le donner.

Mal, pas Malcom.

Mon corps surchauffe alors qu'il serre mes seins puis glisse une main vers le bas, le long de mon ventre et entre mes cuisses. Mon Dieu, j'ai l'impression que je suis déjà sur le point d'exploser. Personne ne m'a jamais touché là-bas auparavant.

Il fait glisser le bout de son majeur dans ma fente et je réalise à quel point je suis déjà mouillé pour lui. Ma culotte, posée dans un coin de la pièce avec mon jean, doit être absolument trempée.

La sensation me fait gémir. Je me passe la main sur les lèvres – je ne sais pas pourquoi, mais je suis tellement timide à propos de tout.

"Bady, tu dégouline", dit Mal, d'une voix basse, prédatrice. Si je l'entendais parler ainsi dans la rue ou au bar, son ton pourrait m'effrayer. Mais ici, sur le canapé, c'est parfait.

Son doigt atteint mon clitoris et les sensations en moi explosent. Je crie presque alors que j'essaie de rester calme, mon cœur bat la chamade, mon sang bouillonne. J'attrape un oreiller pour couvrir mon visage pendant qu'il applique une pression en cercles concentriques. Cet homme sait exactement ce qu'il fait.

"C'est ça, bébé," murmure-t-il en posant son corps sur le mien. C'est à ce moment-là que je sens sa virilité contre ma cuisse, peau contre peau, si chaude et si forte, et c'est alors que je réalise toute la réalité de sa taille.

Je baisse les yeux et ma mâchoire tombe quand je le vois. Si gros, si épais, donc... tout. Et Mal voit ma mâchoire tomber aussi.

« Tout va bien, ma chérie. Vous n'avez rien à craindre.

"Je ne sais pas?" Ma voix tremble et je ne peux rien y faire.

« Cela peut paraître beaucoup, mais je sais ce que j'en fais. »

Ce serait probablement le moment idéal pour lui dire que je suis vierge. Que je ne sais pas ce que je fais de tout ce qui se passe – ni quoi faire, même en général. Mais je ne veux pas gâcher l'ambiance ni même l'effrayer. Est-ce que les mecs aiment même les vierges ? J'ai entendu des réponses contradictoires à cette question.

Certaines personnes disent oui, que les hommes veulent être les premiers à « planter leur drapeau » pour ainsi dire, mais j'ai entendu d'autres personnes dire que les hommes veulent une fille avec un peu d'expérience, juste un peu, remarquez. - pour qu'elle sache réellement ce qu'elle fait et ne se contente pas de « rester là comme un poisson mort ».

Je suis donc dans une vraie situation ici et je ne sais pas quoi faire. Heureusement, Mal le fait.

Il continue de travailler mon clitoris pendant que je suis allongé là, bouche bée, le regardant si impuissant, son érection massive pressée contre la chaleur de l'intérieur de ma cuisse. Il y a une telle puissance dans ses yeux. Je ferais n'importe quoi pour cet homme en ce moment. Littéralement n'importe quoi. Je ne sais pas non plus si c'est une bonne ou une mauvaise chose.

Je peux sentir un point culminant monter en moi. Tout ce qu'il a à faire, c'est de continuer à faire ce qu'il fait, et j'y arriverai. Je peux voir sur son visage qu'il le sait aussi. Ouais, tu y es presque, n'est-ce pas, ma chérie ? me demande-t-il sans rien dire. Je sais que tu l'es, parce que je suis incroyable dans ce que je fais.

Je hoche la tête en retour. Oui, putain, tu l'es. Je suis juste au bord, homme incroyable.

Mais juste avant que tout cela n'arrive – avant que le feu d'artifice ne se lance et n'éclate dans le ciel – Mal s'arrête. Il retire sa main, relâchant la pression sur mon point magique.

« Je... qu'est-ce que tu... ? Je halete comme une petite fille à qui la mère vient de lui prendre sa Barbie. C'est comme une éclaboussure d'eau froide directement sur mon visage. Mon orgasme est toujours là, suspendu comme une épée au-dessus de ma tête, prêt à tomber à tout moment.

Mais avant même que je puisse continuer, Mal se penche sur moi de toute la force de son corps dur et ciselé. "Chut maintenant, bébé", ronronne-t-il, la voix basse, les yeux fixés sur les miens.

Et puis je le ressens. La tête épaisse de sa virilité se pressant contre mon entrée.

Wow, cela se produit vraiment, n'est-ce pas ?

Il n'a aucune idée que je suis vierge, et s'il avait le temps de lui dire, ce serait celui-là. Mais je ne dis toujours rien. Je me mords la lèvre inférieure tandis qu'il avance avec ses hanches et se glisse en moi.

La sensation ne ressemble à rien de ce que j'ai ressenti auparavant et est impossible à décrire. La douleur et le plaisir m'envahissent alors qu'il m'écarte. Je me sens étiré et l'envie de serrer mes jambes sur lui me frappe, mais je résiste. Non, ne fais pas ça, espèce de salope idiote ! Il va te détester ! Je les écarte plus largement, je lève la main et je l'attrape. lui par ces énormes muscles puissants sous ses bras – ces énormes muscles du dos, comment s'appelle-t-on encore ?

Lats ! On les appelle lats.

Les siens sont énormes et épais, tout comme sa queue, qu'il enfonce en moi comme si j'étais habitué à ce genre de chose. Et pourquoi devrait-il penser différemment ? Je ne lui ai donné aucune raison.

"Jésus, tu es serré", gémit-il, fermant les yeux et inclinant la tête vers le plafond.

Ses paroles me remplissent d'éloges, comme un tout nouveau chiot à qui son propriétaire apprend un nouveau tour. Je n'ai jamais eu d'ego auparavant, mais peut-être que je commence à en développer un maintenant. Si quelqu'un pouvait me rendre un tant soit peu arrogant, ce serait bien cet homme. Cet Adonis d'homme.

Je déplace mes mains de ses dorsaux vers son devant, en utilisant le bout de mes doigts pour tracer les lignes de son corps, de ses pectoraux jusqu'à ses abdominaux sculptés. C'est comme un cours privé d'anatomie masculine.

La sensation de sa queue en moi est écrasante. Je suis toujours étiré à chaque poussée, mais la douleur s'atténue. En fait, elle a presque disparu, ne me laissant que des vagues de plaisir sur lesquelles flotter. C'est comme si j'étais allongé sur le dos dans l'océan le plus merveilleux du monde pendant que l'homme le plus incroyable du monde faisait ce qu'il voulait avec moi. Qui pourrait même imaginer un tel scénario ?

De plus en plus, de plus en plus vite. Il me pompe comme une bête sauvage, s'abaissant sur moi comme si nous étions amants depuis des années.

"C'est ça, ma chérie," grogne-t-il à mon oreille. "Prends-le. Prenez chaque centimètre carré.

«Je n'ai jamais pensé... je ne pensais pas pouvoir...» J'avoue.

"Tu prends la pilule ?"

Je ne peux pas laisser cet homme au hasard entrer en moi. Mais je n'ai aucune chance non plus de l'arrêter. "Oui", dis-je fermement.

"Bien" est sa réponse alors que ses poussées s'accélèrent. Je sens sa queue grossir en moi, ce qui ne semble pas être possible. Ses coups sont plus profonds, me faisant crier. Et puis ça arrive.

Il y a un jet chaud et collant qui se déchaîne en moi, recouvrant chaque centimètre de moi à la fois. Et c'est tout ce qu'il faut. Mon orgasme qui plane dangereusement au-dessus de moi, prêt à tomber à tout moment, me poignarde vicieusement le centre. Tous les muscles de mon corps se contractent en même temps. Mes hanches se détachent du canapé et je jette mes jambes autour de la taille de Mal tandis que son sperme chaud s'infiltre en moi. Il me fait se reproduire, je pense. Qui se soucie si je prends un contrôle des naissances ? C'est ce que la nature veut qu'il se produise en ce moment.

Ses gémissements sont si chauds, si sensuels. Loup. Ours. Tigre. Lion. Les noms d'encore plus d'animaux me viennent à l'esprit alors qu'il me prend et revendique ses droits sur moi, me faisant me sentir si petit et sans défense.

Qu'est-ce qui m'arrive ce soir ?

J'inspire profondément alors que l'emprise de mon orgasme sur moi commence à s'affaiblir, et je lève les yeux vers Mal alors qu'il commence aussi à descendre. Ses yeux se concentrent délicatement sur moi alors qu'il écarte mes cheveux de mon visage et les place derrière mon oreille comme ils le font dans ces films d'amour hollywoodiens, et je sens des papillons nager dans mon ventre.

"Eh bien, c'était incroyable." Il sourit, semblant encore plus charmant qu'il ne l'a été toute la nuit. "Tu es incroyable."

"Non, tu l'es," je ris, pointant vers lui un doigt coquette. Il sourit simplement et me donne un bisou sur la joue à la manière d'un petit ami. Je peux sentir sa queue fléchir en moi pendant qu'il le fait.

« Est-ce que ça va, Nadia ? il demande.

"Bien sur que je le suis!" Je souris, toujours emporté par la chaleur post-orgasmique qui enveloppe tout mon corps. "Pourquoi ne le serais-je pas?"

"Je ne sais pas", répond-il en penchant la tête sur le côté. "Il y a juste ce regard sur ton visage..."

Tu devrais lui dire. C'est le bon moment pour lui dire. Nous venons tous les deux de partager quelque chose d'incroyable, et si je ne lui dis pas maintenant, il aura l'impression que je lui cache quelque chose – ou pire encore, que je lui ai menti. Prions simplement pour qu'il n'apprenne pas la nouvelle et décide de me quitter.

"Eh bien, Malcom..."

"Mal", me corrige-t-il avec le plus doux sourire connu de l'homme. Je souris en retour et prends une profonde inspiration.

"Eh bien, Mal, je... je n'ai jamais fait ça auparavant."

Mal ouvre la bouche mais fait une pause un instant. « Jamais fait quoi avant ? »

"Ça", je réponds, faisant une sorte de mouvement idiot de faire la vaisselle avec mes mains qui nous englobe tous les deux. «Je suis vierge, j'étais vierge. Jusqu'à maintenant.

Chapitre6

Malcolm

Mon père était complètement dévoué à ma mère. Il a tout fait pour elle, et pas d'une manière ou d'une autre, il fait partie de ces types-là non plus. Il ne la suivait pas partout comme un chiot, il ne la laissait pas lui marcher dessus ou simplement apporter sa carte de crédit au centre commercial pour agrémenter sa journée, et il ne se réveillait pas le matin pour lui préparer le petit-déjeuner tous les jours. À une certaine époque, ils se disputaient pour admettre qu'il avait tort, même s'il ne s'agissait pas simplement de maintenir la stabilité du foyer.

C'était tout simplement un homme bon. Il était bricoleur, et lorsqu'il n'était pas à son travail à l'usine pour déplacer le bois, il était à la maison en train de réparer la maison. Et bon sang, c'était une rénovation. Mes parents n'avaient pas beaucoup d'argent lorsqu'ils se sont rencontrés pour la première fois, mais mon père a assuré à ma mère qu'il y consacrerait tellement de travail qu'elle serait tout aussi belle, sinon meilleure, que toutes les autres maisons du monde. le bloc.

Ma mère s'occupait principalement de moi et de ma sœur Nikki, mais elle faisait occasionnellement du bénévolat à la bibliothèque. J'ai besoin de sortir de la maison, Frank, je l'entendais lui dire. Ils ont embauché une baby-sitter nommée Kay, que nous aimions tous les deux beaucoup, et nous avons trouvé que tout allait bien. Nous pensions que tout le monde était content.

Mais que sait-on vraiment du mariage de ses parents quand on n'est qu'un enfant ? Vous ne savez même pas vraiment ce que signifie le mot tricherie. Alors, quand mon père est venu nous voir, ma sœur et moi, cette nuit-là, cette nuit pluvieuse, et nous a dit que maman partait, aucun de nous ne savait comment gérer cela.

"Une vierge?" Je demande, ayant l'impression de recevoir la réponse à une question triviale dont je ne suis pas sûr qu'elle soit correcte. "C'est ce que tu viens de dire, n'est-ce pas ?"

Nadia hoche la tête, et mon esprit passe à pleine puissance de traitement alors que j'essaie de décider si elle est de retour ou non en mode spitfire et si elle se fout encore de moi. Mais ensuite je repense à ce moment où je suis entré en elle et me suis enfoncé à l'intérieur. Elle était serrée, incroyablement serrée. Et au début, je pensais qu'elle avait juste la chatte d'une déesse.

Mais ensuite il y a eu ce petit peu de pression supplémentaire, puis le pop et ça a cédé. Bady, c'était sa cerise ? Est-ce que je viens vraiment de réclamer la cerise de cette fille ?

"Oui, Mal, c'est ce que j'ai dit." Nadia me regarde, les yeux remplis de sincérité. Je ne vois rien qui suggère qu'elle baise avec moi en ce moment. Aucune raison de croire que je soupçonne une malhonnêteté.

"Mais... pourquoi n'as-tu rien dit avant ?" Je demande. Nadia hausse les épaules, l'idée d'un sourire aux lèvres. "C'est comme ça que tu voulais perdre ta virginité ?"

« En fait, je ne sais pas », répond-elle. "Je sais que je ne voulais pas perdre la tête contre Bady, ce connard avec qui je sortais et qui m'a trompé."

Quelque chose qui ressemble à un rire s'échappe de mes lèvres et j'acquiesce complètement en accord. « Oui, cela me semble être un choix judicieux, mais... »

"Pourquoi... es-tu contrarié d'avoir pris ma virginité, Mal ?"

"Non !" Dis-je rapidement en enveloppant ma tendre princesse dans mes bras. "Absolument pas."

«Bien», dit-elle. « Tu vois, c'est une des raisons pour lesquelles je ne te l'ai pas dit. J'avais entendu dire que certains gars ne voulaient pas accepter les cartes virtuelles des filles.

Encore une fois, je dois rire. Je secoue la tête. "Ce n'est pas ça. Je voulais juste m'assurer que tout allait bien pour toi.

Nadia rit. Mon Dieu, elle est vraiment belle. Quelles sont les chances, je me le demande, qu'elle et moi soyons au bar le même soir ce soir ? Je sens quelque chose dans ma poitrine quand je la regarde mais je le repousse rapidement. Non, pas ça, stupide fils de pute.

"Oh, c'était génial pour moi", dit Nadia avec un sourire et un rire. "Tu sais vraiment ce que tu fais."

"Eh bien, merci," je réponds. Dois-je la remercier pour ça ? Pas vraiment sûr, mais cela semble être la meilleure chose à dire pour le moment.

"D'ailleurs quel âge as-tu?"

"Vingt-neuf." Je souris. Je vois ses yeux s'illuminer comme si je venais de lui dire qu'elle avait gagné à la loterie. "C'est une bonne chose, je suppose?"

Elle hoche la tête, le bout de sa langue dépassant à peine d'entre ses dents. "Oh oui."

"Je suppose que c'est vrai : les filles aiment vraiment les hommes plus âgés."

"Eh bien, je ne peux pas parler au nom de toutes les filles, mais cette fille le fait. Et les gars plus âgés aiment les filles plus jeunes, je suppose ?

"Eh bien, quand ils te ressemblent?" Je souris, me penche et dépose sur ses lèvres un baiser qui est tout simplement parfait.

Nous poussons tous les deux des soupirs de perte alors que je glisse hors d'elle et prends une position de grande cuillère à côté d'elle sur le canapé, berçant sa jolie petite tête dans mon bras. Je suis encore assez dur et je pourrais le rester si je continue à parcourir son corps sexy avec mes yeux.

«Je ne veux pas être ce type», lui dis-je. « Alors pourquoi ne restes-tu pas la nuit ? »

Nadia secoue instantanément la tête. "Je ne veux pas être cette fille, alors non. Ramenez-moi à la maison tout de suite."

Elle saute sur ses pieds, faisant trembler ses seins comme par magie, et commence immédiatement à s'habiller. Je m'assois rapidement et lui tends les paumes.

"Whoa, whoa, tu n'es pas obligé de faire ça. Cela ne me dérange vraiment pas, Nadia. A-t-elle vraiment l'impression qu'elle doit sortir ? Comme si elle serait un énorme inconvénient ? Elle vient de perdre sa virginité avec moi, pour l'amour de Dieu. "Je veux que vous restiez "

Au moment où elle accroche son soutien-gorge, elle s'arrête et me regarde. Ses yeux sourient d'abord, puis ses joues, puis enfin ses lèvres, exposant ses dents dans le plus grand sourire mangeur de merde que j'ai jamais vu sur elle.

"Je t'ai eu." Elle fait un clin d'œil, pointant des pistolets vers moi.

"Oh, salope!" Je saute du canapé et la prends dans mes bras, elle rigole, moi ris, alors que je la porte dans la chambre et claque la porte derrière nous.

Chapitre7

Nadia

Bady serait tellement jaloux s'il découvrait ça.

Ce sont mes premières pensées lorsque je me réveille dans le lit de Mal, regardant le plafond blanc cassé, légèrement en sueur, avec la chatte douloureuse à cause des activités de la nuit dernière.

Ce n'était pas non plus la première fois que je m'en remets. Oh non. C'était encore une fois après qu'il m'ait porté dans la chambre, encore une fois quand je me suis réveillé excité au milieu de la nuit et j'ai décidé d'être cette fille et de le réveiller avec une pipe qui s'est transformée en plus de sexe, et encore une fois quand il y avait un soupçon de soleil entrant à travers les rideaux lorsque nous avons fait l'amour à la cuillère où il s'est accroché à mes seins tout le temps et m'a embrassé le cou, me donnant l'impression d'être baisé par un vampire.

Génial. Tout cela était génial.

Non, ce n'est pas un mot assez fort. Incroyable. Fantastique. Incroyable. Merveilleux. Merveilleux. Inspirante. Et au diable tous ceux qui disent que Mal est trop vieux pour moi, ou qu'il s'en prend à moi, ou que je ne devrais pas être avec lui pour quelque raison intellectuelle qu'ils puissent inventer.

La nature me crie d'arrêter de prendre mes pilules contraceptives pour pouvoir avoir ses bébés. J'adorerais voir à quoi je ressemblerais avec un gros ventre de femme enceinte, et je ne sais même pas encore ce que je veux faire de ma vie. Je n'ai même pas ma merde ensemble.

Est-ce un coup de foudre ? Ou suis-je simplement inondé d'endorphines après avoir perdu ma virginité et me faire foutre la cervelle par un Adonis complet ? Je ne sais pas. Ce que je sais, c'est que j'ai besoin d'un peu de temps pour récupérer – du temps pour réfléchir à tout ça, et Mal ne veut probablement pas qu'un collant traîne chez lui toute la journée, alors je vais le laisser me reconduire chez moi plus tard.

La dernière chose que je veux faire, c'est potentiellement gâcher ce que nous avons fait jusqu'à présent.

Je jette un coup d'œil à ma droite, m'attendant à trouver Mal endormi à côté de moi, mais tout ce que je vois, c'est un côté vide du lit et un oreiller avec une empreinte. Je m'assois, puis j'entends le bruit venant d'en bas, les bruits de la cuisine.

Je balance rapidement mes jambes hors du lit, je vais dans la salle de bain, je m'asperge le visage d'un peu d'eau et je fais quelque chose avec mes cheveux pour ne pas ressembler à un épouvantail, puis j'enfile mes vêtements. Je trouve Mal dans la cuisine en train de préparer des œufs, déjà avec un tas de bacon cuit à côté de lui et une pile de pain grillé. Il me sourit alors que j'entre par la porte.

"Je pensais que l'odeur de ma cuisine incroyable pourrait te réveiller."

"Oh, tu es Gordon Ramsay maintenant?" Je taquine.

"Putain, j'ai raison", répond-il, en prenant un accent britannique qui est en fait plutôt correct. « Et si vous ne venez pas ici tout de suite, petite mademoiselle, il y aura des conséquences. De graves conséquences, putain.

"Ooh." Je souris en balançant mes hanches alors que je me dirige vers lui alors qu'il remue les œufs. "Mon joli petit cul, tu veux dire?"

Les yeux de Mal s'éclairent et il hoche la tête, glissant une main dans mon pantalon pour serrer fermement ma joue gauche. "C'est comme si tu pouvais lire dans mes pensées."

« C'est un trait que j'ai. Je n'en parle tout simplement pas à la plupart des hommes. Cela diminue la force de mes pouvoirs.

"Bien sûr." Mal rit. "C'est tout à fait logique."

Il m'embrasse d'une manière qui me donne l'impression d'être juste un de ses biens, mais dans le bon sens. D'une manière merveilleuse. Il montre derrière moi et me demande de lui passer quelques assiettes, et je l'aide à servir notre petit-déjeuner, puis je le porte à la table, qui est joliment située près des grandes doubles portes donnant sur la cour arrière bien aménagée. .

Nous mangeons ensemble et je fais de mon mieux pour garder mon esprit au même endroit, concentré sur l'homme en face de moi, mais ce n'est tout simplement pas possible. Je pense à ce que ça serait de jubiler et d'annoncer cette nouvelle à Bady et de voir l'air stupide sur son visage stupide que ce n'est pas lui qui a pu me réclamer, je pense à ce que ça va être d'expliquer tout ça à Sarah et si elle va comprendre ou non pourquoi j'ai fait ça. Et je me demande si je devrais ou non dire quelque chose à Mal sur ce que lui et moi allons faire à l'avenir.

Heureusement, le petit-déjeuner est fantastique – Mal est vraiment une excellente cuisinière – et cela m'aide à rester un peu concentré sur ce qui est devant moi. Quand nous avons tous les deux fini, nous faisons la vaisselle dans son énorme évier de style ferme. J'essaie de les faire moi-même puisqu'il cuisinait, mais il ne me le permet pas.

« Non, j'insiste », dit-il, donc je ne peux vraiment rien faire. Quelles sont mes options ? Le combattre ? Il fait deux fois ma taille ! Alors qu'est-ce que je fais? Juste au moment où il finit de cuire les œufs dans la poêle, je me mets à genoux et baisse son pantalon. Je suppose qu'il ne s'attendait pas à ça, car il halète en quelque sorte lorsque j'attrape sa queue et la prends dans ma bouche. Pourtant, même s'il ne s'y attendait pas, il lui faut moins d'une poignée de secondes pour devenir complètement dur et remplir mes joues.

« Nadia, tu es sûre de n'avoir jamais fait ça auparavant ? demande-t-il en me regardant avec une admiration si incroyable. C'est comme si un pur éloge physique était versé sur moi.

Je ne peux pas parler, alors je gémis simplement un négatif et je le regarde avec des yeux qui disent non et je continue de sucer. Il finit de frotter et pose la casserole, puis s'appuie contre l'évier et passe ses doigts dans mes cheveux. Ils sont pour la plupart secs mais encore légèrement humides, ce qui m'excite pour une raison quelconque. Je ne pouvais vraiment pas expliquer pourquoi.

J'ai mal aux genoux – le sol de sa cuisine est en carrelage dur – mais je ne me plains pas. Je n'essaie même pas de me réadapter. Je continue simplement à faire mon devoir, en me balançant de haut en bas sur sa virilité chaude et épaisse, jusqu'à ce que je sente un pouls et entende un profond gémissement venant d'en haut.

"Putain, ma chérie, tu vas me faire jouir. Vas-tu avaler pour moi ?

J'acquiesce du mieux que je peux, mais je communique surtout avec mes yeux. Bien sûr que je le suis, putain. J'ai désespérément envie de le goûter. J'ai entendu tellement d'histoires de filles sur le goût du sperme des hommes – tellement de blagues sur la question de savoir si tu devrais cracher ou avaler – et je sais déjà que je ne ferai pas partie de ces filles qui crachent. Je ne le suis tout simplement pas.

"Bon sang ouais, bébé," grogne-t-il en resserrant sa prise sur mes cheveux.

Je lève la main et berce ses couilles, purement par instinct. Cela semble le rendre fou. Ses paupières battent et il gémit, signalant un profond plaisir avant que la libération n'arrive.

Le gâchis chaud et salé se répand sur ma langue, éclaboussant partout, recouvrant l'intérieur de mes joues alors qu'il jaillit du bout de son énorme bite. J'avale instantanément et me moque intérieurement de toutes les filles qui se plaignent du goût du sperme. Mal continue d'arriver et je n'en ai jamais assez.

"Putain", grogne-t-il, sa queue palpitant alors qu'il pulvérise davantage de ses délices dans ma bouche. Je continue d'avaler docilement jusqu'à ce qu'il n'y ait plus rien à avaler, puis j'attends là jusqu'à ce qu'il relâche la prise ferme qu'il a sur mes cheveux et pousse un soupir de soulagement agréablement masculin.

La tête de sa queue crée un petit bruit sec presque amusant lorsqu'elle glisse entre mes lèvres. Je souris en me levant et je suis attiré dans ses bras.

"Tu aimes ça?" Je chuchote.

« Est-ce que les cochons aiment les pommes ?

« Je... je ne sais pas. Est-ce qu'ils?" Il pense probablement que je lui donne encore du fil à retordre, mais je n'en suis légitimement pas sûr.

Mal rit simplement en réponse et m'embrasse directement sur le front tout en lissant mes cheveux en arrière. Il me prend par la main et me conduit vers le canapé, mais avant d'y arriver, je lui annonce la nouvelle.

"En fait, je devrais probablement que tu me ramènes à la maison maintenant si ça ne te dérange pas", dis-je, donnant l'impression que j'ai totalement certaines choses à faire, ce que je n'ai pas. Encore une fois, je ne veux vraiment pas être cette fille qui dépasse son accueil.

"Oh?" » demande Mal, l'air surpris. "Journée chargée aujourd'hui?"

"Ouais." J'acquiesce. "Et je ne veux pas me mettre dans les cheveux."

"Oh, tu ne serais pas dans mes cheveux-"

Il est gentil. Je peux dire. « Un grand propriétaire louche comme vous ? Je taquine. "Je suis sûr que vous avez des tonnes de clients dont vous pouvez profiter."

"Hé!"

Je fouille dans sa poche et sors son portable. "Pourquoi est-ce que je ne te laisse pas simplement mon numéro, et si tu veux me contacter, tu peux le faire ?"

"Si?" » demande Mal, un sourire narquois sur le visage. Je réponds par un haussement d'épaules.

« Hé, on ne sait jamais avec vous les gars. Peut-être que je ne te reverrai jamais.

Quand Mal arrive chez moi, une partie de moi a envie de dire : « Hé, je plaisante, je reste pour le reste de la journée ! Mais ce serait fou. Alors je me penche simplement sur la console centrale, je l'embrasse, puis sors et rentre à l'intérieur, ayant l'impression d'être enveloppé dans une couverture chauffante alors que je monte les escaliers jusqu'à mon appartement.

"Je suis à la maison!" J'annonce en entrant dans le salon et en me jetant sur le canapé. Normalement, je suis accueilli par un bon retour, salope ! Ou un sarcastique, peu importe ? de ma colocataire Bianca, mais aujourd'hui, je suis accueilli par le délicieux salut du silence.

"Bonjour?" J'appelle à nouveau. J'ai vu sa voiture en bas sur le parking, donc à moins que son petit ami ne vienne la chercher (ce qui serait étrange étant donné qu'il devrait être au travail), elle devrait être là. Finalement, j'entends un bruit de pas venant de sa chambre et je lève les yeux pour la voir entrer dans la pièce avec l'air d'avoir passé une très mauvaise matinée ou d'avoir quelque chose à me dire - ce qui met un gros bémol à ma grande histoire à raconter. ce matin.

« Allez-y en premier », dis-je.

"Quoi?"

"Je peux dire que tu as quelque chose à me dire," je réponds. "Alors vas-y en premier, parce que le mien va durer longtemps."

"Oh," répond Bianca. Elle ne sourit même pas, alors quoi que ce soit, ça doit être mauvais. Je suis un peu inquiet, pour être honnête. Elle n'est pas douée pour gérer les traumatismes émotionnels dans sa vie. "Eh bien, ceci est votre préavis de trente jours."

Il me faut une seconde pour comprendre exactement ce qu'elle dit. Mais ensuite ça me frappe. Préavis de trente jours. Cette garce me donne trente jours pour quitter l'appartement – qui est techniquement son appartement puisque c'est elle qui est inscrite sur le bail – et trouver un nouvel endroit où vivre. Et dire que j'étais juste inquiet de la façon dont elle allait.

"Tu plaisante, n'Est-ce pas?" Je demande, mais je sais qu'elle ne l'est pas.

Les yeux de Bianca sont concentrés sur ses orteils. Elle a toujours été une petite chatte effrayée. "Jeff m'a proposé, et il veut que nous vivions ensemble, alors..."

"Alors tu lui as dit qu'il pouvait vivre ici avec toi à la place de moi."

Elle acquiesce. Ca a du sens. Jeff est une vraie merde, qui se fait toujours expulser de l'endroit où il vit actuellement. Donc je suppose que cela s'est encore produit, et il pense qu'emménager avec Bianca sera beaucoup plus facile que de chercher un nouvel endroit. Et je suppose que cela me fait juste des dégâts collatéraux.

«Je suis désolé, Nadia. Je suis vraiment-"

"Ouais, je parie que tu l'es," je réponds.

Chapitre8

Nadia

Trente jours plus tard...

Eh bien, on dirait que Malcom était la racaille de la terre, après tout. Cela fait un mois et je n'ai toujours pas eu de ses nouvelles. Ce fils de pute m'a pris ma virginité et ne m'a même pas appelé. Honnêtement, Bady m'aurait probablement prêté plus d'attention, même si ce n'était pas authentique.

En plus de cela, j'ai passé vingt-neuf jours à chercher un endroit où vivre et j'ai trouvé un squat absolument génial. Il me semblait de plus en plus que j'avais dû accepter la défaite et déménager avec les loyers, ce qui serait probablement la pire chose que je puisse faire, compte tenu du mauvais fonctionnement de notre foyer lorsque j'en fais partie. Mais ensuite j'ai rencontré Caroline.

Contrairement aux autres gars que j'ai rencontrés, qui étaient tous propriétaires (et visiblement sordides), Caroline est agent immobilier et représente des propriétés qu'elle ne possède pas elle-même. Elle m'a montré quelques endroits hors de ma fourchette de prix. Après tout, qu'y a-t-il réellement pour une serveuse en difficulté dans cette économie ? Mais ensuite, elle m'a montré une petite unité super mignonne au bas d'une grande maison qui avait été transformée en appartements plus petits, et elle était juste au-dessus de ce que je pouvais payer.

« Tout est assez typique », m'a-t-elle dit en me faisant visiter les lieux. "Tout le monde dans le bâtiment doit marcher jusqu'à la buanderie, mais vous avez la vôtre ici, dans le placard."

"C'est incroyable", ai-je souri en examinant la laveuse et la sécheuse. Ils avaient l'air vieux, mais Caroline m'a assuré qu'ils étaient tous les deux en très bon état de fonctionnement.

« Vous savez que votre grand-mère avait toujours un vieux mitigeur de cuisine qui semblait dater des années 1920 ? Eh bien, c'est ça. Elle a souri. « Ils ne semblent jamais s'effondrer. Vous n'aurez jamais de problèmes avec eux. Et si un accident bizarre se produit, eh bien, vous disposez toujours des unités partagées en guise de sauvegarde.

Elle continue de me faire visiter l'appartement, mais je ne l'écoute pas vraiment. Je veux dire, je le suis, mais je ne le suis pas vraiment. J'ai déjà décidé; Je loue cet endroit. Je signe le bail. Et ce n'est pas seulement parce que c'est le dernier jour où je dois quitter mon ancien logement, qui est désormais devenu celui de Bianca et Jeff. J'aurais loué cet endroit de toute façon.

Bien sûr, le fait que je serai sans abri d'ici demain (ou de nouveau vivre avec mes parents cauchemardesques) joue un rôle assez important dans ma décision. Je suis très heureux d'avoir trouvé cette unité et de ne pas avoir à retourner chez mes parents et à affronter leurs je-vous-l'avais-dit-et à me faire critiquer comme un enfant aussi longtemps qu'il m'aurait fallu pour trouver un autre endroit où vivre. en direct. Je ne sais pas s'ils pensent que me parler de cette façon m'aide réellement ou s'ils sont juste des connards, et à ce stade de ma vie, je n'ai pas particulièrement envie de le comprendre.

"Eh bien, je vais le prendre!" Dis-je avec enthousiasme à Caroline. "Où dois-je signer?"

Caroline sourit, mais je remarque un soupçon de... quelque chose dans ses yeux. "Eh bien, il y a un petit quelque chose que nous devons faire avant que je puisse vous faire signer le bail." Oh mon Dieu. Je savais que c'était trop beau pour être vrai. « Ce n'est rien de grave ! Mais le propriétaire aime rencontrer chaque nouveau locataire avant de louer. Juste pour un tête-à-tête rapide. Cela ne devrait prendre que cinq minutes environ.

«Oh...» dis-je lentement. "Pour une partie d'échecs éclair ou quelque chose du genre ?"

Caroline rit. "Non non. Il veut juste connaître tous ceux qui vivront dans son immeuble.

« Il ne te fait pas confiance ? N'est-ce pas là votre travail ? Pour trouver des locataires ?

"C'est vrai", acquiesce Caroline. "Mais il dit qu'il a une grande intuition lorsqu'il s'agit des gens, et il veut juste s'assurer – je suppose – que je n'ai rien manqué."

Caroline est déjà en train de sortir son téléphone et d'envoyer un SMS, vraisemblablement au propriétaire de l'immeuble. Juste un autre connard de la terre, j'imagine – du moins s'il ressemble un peu à Malcom. Au moins, il garde son immeuble en parfait état.

Le téléphone de Caroline vibre et elle sourit.

« Et voilà. Il dit qu'il va arriver tout de suite. Cinq minutes maximum. Tu sais, si j'étais toi, je commencerais juste à apporter tes affaires maintenant.

"Vraiment?" Je demande. "Mais vous avez dit-"

"Il t'aimera", dit-elle en me serrant le bras. «Je sais juste qu'il le fera. Et s'il ne le fait pas ? Ensuite, je vous aiderai à ramener vos affaires dans votre voiture. Comment ça sonne ?

Honnêtement? J'ai l'impression que je pourrais sauter de haut en bas et crier de joie. Une unité fantastique pour moi tout seul, avec sa propre lessive, qui se présente le jour juste avant que je sois sur le point d'avoir de la merde et de devoir rentrer chez mes parents ? "Ça a l'air incroyable." Je souris en restant debout.

Caroline et moi sortons vers ma voiture et commençons à récupérer des objets. J'ai déjà pratiquement tout emballé, sachant que si ce n'était pas l'endroit idéal, j'allais devoir rentrer chez mes parents.

Je traîne ma valise dans la chambre, qui est livrée avec son propre cadre de lit (ce qui m'enlève énormément de stress), la dépose près du placard et l'ouvre. Caroline arrive derrière moi et pose une petite boîte.

"Je pense qu'il y a des cintres dedans ?"

"Oui." Je souris. "Merci beaucoup. C'est d'une grande aide."

"Pas de problème", répond-elle. « Ma mère dit que je suis une aide naturelle. J'aime juste aider les gens, tout comme elle.

Je reflète son sourire, mais c'est difficile de voir une image de leur famille idyllique me venir à l'esprit, comme si je narguais celle qui tache à jamais le mien chaque fois que je pense à la façon dont j'ai grandi et à la façon dont les choses se passent chaque fois que je suis obligé de rentrer chez moi pour un moment. visite. Vous vous entendez tous à merveille, n'est-ce pas ? Ils t'ont si bien élevé, n'est-ce pas ?

Je suis jaloux d'elle, mais j'ai appris depuis longtemps à ne pas laisser ma jalousie se transformer en ressentiment. Caroline a été tout simplement gentille avec moi. Sans elle, je n'aurais pas cet appartement. Et même si elle porte une robe chic, elle transporte mes cartons à l'intérieur pour moi. Sa mère l'a clairement bien élevée.

Tout d'un coup, derrière elle, j'entends le bruit de la porte d'entrée qui s'ouvre. Pas de coup au préalable, pas de sonnette. La porte s'ouvre simplement suivie d'un bruit de pas clairement masculin entrant dans l'appartement.

Les sourcils de Caroline se lèvent et elle murmure : « C'est lui. Viens avec moi."

Elle se retourne et sort de la chambre. Je prends une profonde inspiration avant de la suivre.

Je suis stressé. Je ne devrais pas l'être. Elle m'a juste assuré qu'il allait m'apprécier et que tout se passerait bien, mais quand même. Et si ce n'est pas le cas ?

Une dernière respiration profonde, et je sors de la chambre et dans le salon et je suis instantanément figé alors qu'un javelot de pure panique me transperce directement la poitrine.

Là, debout à côté de Caroline, habillé en tenue décontractée, téléphone portable à la main, toujours aussi beau, se trouve Malcom.

Une sorte de reconnaissance apparaît sur son visage, mais je ne peux pas dire exactement quoi.

Caroline se retourne et lève la main vers moi. « Malcom, c'est... »
Mais avant qu'elle ait pu finir, Malcom sourit et hoche la tête.
« Oui, nous nous sommes rencontrés », dit-il. "Bonjour, Nadia."

Chapitre9

Malcolm

Je n'ai jamais compris l'effet que le divorce de mes parents avait eu sur moi jusqu'à ce que je sois plus âgé, jusqu'à ce que je tombe amoureux pour la première fois. J'avais dix-huit ans et elle s'appelait Tina. Nous avons fait tout ce qu'un couple d'adolescents fait quand ils sont amoureux : nous sommes allés au cinéma, nous avons roulé en voiture et nous nous sommes garés, nous sommes allés au bal des finissants, nous sommes allés au bal de promo - je lui ai même acheté sa robe avec le supplément. l'argent que je gagnais en faisant de l'aménagement paysager. C'était fantastique.

Nous ne nous sommes jamais vraiment battus. Tous mes amis étaient jaloux parce qu'ils la trouvaient « tellement sexy » et quand est venu le temps de planifier les universités que nous allions fréquenter, nous avons décidé d'aller à UCLA ensemble. Ce serait un bon changement par rapport au New Hampshire, et nous n'aurions pas à nous manquer ni à nous soucier l'un de l'autre. C'est à ce moment-là que mes problèmes ont fait surface.

Mais que se passe-t-il si les choses ne se passent pas comme prévu ? Et si l'un de nous rencontrait quelqu'un qu'il préfère ? C'est une grande école ; Comment pourrions-nous savoir ce qui va se passer dans quatre ans ? Et si elle changeait beaucoup au cours de sa première année ? Tout le monde dit que c'est ce qui arrive quand on part à l'université. Et si nous décidions que nous ne nous aimons plus ?

Tous mes soucis me frappaient comme un camion. Alors qu'est-ce que j'ai fait ? J'ai rompu avec Tina, j'ai retiré mon entrée à l'UCLA et je suis allé à Dartmouth à la place.

Elle voulait me tuer, bien sûr, et je me sentais très mal. Elle n'arrêtait pas de me demander pourquoi, mais je ne pouvais pas lui donner une bonne réponse. Je n'avais pas encore dix-neuf ans. Comment allais-je lui expliquer mes problèmes psychologiques les plus profonds ? Comment allais-je expliquer que je pensais qu'elle allait me quitter comme ma mère a quitté mon père ? Je ne le savais même pas vraiment moi-même à l'époque.

Il m'a fallu des années pour comprendre que c'était la raison pour laquelle je n'avais jamais eu de relation sérieuse de ma vie. C'est aussi la raison pour laquelle je n'ai pas appelé Nadia depuis la dernière fois que je l'ai vue.

Je voulais. Je l'ai vraiment fait. Je ne peux même pas compter combien de fois j'ai pris mon téléphone, je suis allé voir son contact, j'ai passé mon pouce sur l'icône du cadran, puis j'ai à nouveau jeté mon téléphone de côté avec un soupir.

Si je l'appelle et la revois, je vais tomber amoureux, pensais-je. Et puis toutes ces questions, les mêmes qui me terrifiaient auparavant, sont revenues en force et ont inondé mon esprit comme une pluie torrentielle.

"Eh bien, eh bien, eh bien", dit Nadia, avec un sourire et un regard parfaitement mélangés sur le visage. "Regarde qui c'est, putain."

Caroline me regarde, puis elle me regarde à nouveau. «Je... devrais probablement y aller», dit-elle en posant sa tablette sur la table. « Le bail est là pour quoi que vous décidiez, Malcom. Au revoir, Nadia !

« Au revoir », dit Nadia avec un sourire forcé. "Merci beaucoup pour votre aide, Caroline."

Caroline se fait rare et je peux pratiquement sentir les lasers mortels jaillir des yeux de Nadia alors qu'elle me regarde. Je suis généralement assez à l'aise avec les gens – ça aide d'être dans mon métier – mais pour la première fois depuis longtemps, je ne sais pas trop quoi dire, alors je dis juste la première chose qui me vient à l'esprit.

"Comment vas-tu?"

Nadia se moque comme si je venais de lui raconter la blague la plus offensante du monde. Faux. « Comment vais-je ? répète-t-elle. "Comment suis-je? Tu plaisante, n'Est-ce pas?"

"Bien-"

« Je n'ai pas eu de vos nouvelles depuis un mois, et la première chose que vous me demandez est : comment vais-je ?

"Eh bien, c'est mieux qu'une ligne de ramassage ringard, non?" Je souris. Peut-être qu'un bon vieux charme opérera sur elle. J'en doute, mais peut-être.

"Une ligne de ramassage?" demande-t-elle en plissant les yeux. « Pourquoi auriez-vous besoin d'une ligne de ramassage, Malcom ? Nous avons déjà fait l'amour, tu te souviens ?

"Oui je me souviens-"

« Tu as pris ma virginité ! Tu te souviens de ça ?

"Bien sûr que oui", je réponds. Bady, elle me met déjà sur la défensive. "Comment pourrais-je un jour oublier ça?"

"Alors tu prends la virginité d'une fille, et ensuite tu ne la rappelles jamais", dit Nadia en levant les mains en l'air. "Comme je l'ai dit, vous êtes vraiment la racaille de la terre."

Je fais un pas vers elle. Le parfum de son savon remplit mes poumons, me ramenant instantanément à cette nuit que nous avons passée ensemble. «Tu devrais probablement te détendre, Nadia. Vous savez qu'il s'agit d'un entretien individuel, n'est-ce pas ? Je lui demande. "Là où tu dois m'impressionner pour que je te loue cet endroit ?"

« Oh, tu vas me le louer », lance Nadia.

"Je le suis, n'est-ce pas?" Je réponds. « Et comment le sais-tu ? »

«Parce que tu me le dois», dit-elle. Bady, elle est autant une cracheuse de feu que je me souviens d'elle, et alors qu'elle se tient là à me regarder, les bras croisés sous ses seins dodus et parfaits, je me sens excitée.

Je sais que je lui dois. Je ne peux absolument pas prétendre que je ne le fais pas. Je l'ai complètement foutue. Ce que j'ai fait me place directement dans la catégorie de son petit ami merdique et infidèle – enfin, peut-être un cran en dessous, mais proche. Mais je ne peux quand même pas céder et lui reconnaître cela. Alors j'incline la tête sur le côté et je claque ma langue contre mes dents du bas.

"Je vous dois?" Je demande. "Comment pensez-vous?"

Je suis vraiment en train de le pousser ici, et je peux le voir quand je regarde le feu flamber dans ses yeux.

«J'aurais aimé être propriétaire d'une arme à feu», dit Nadia. « Comme mon fils de pute de père. Pour que je puisse te faire exploser ton visage suffisant tout de suite.

"Tu n'as pas de masse porte-clés ?"

Elle réfléchit un instant, puis pointe son index en l'air. "Vous savez quoi-?" Elle se retourne, mais avant qu'elle puisse réellement faire un mouvement vers son sac à main, je m'approche et l'enveloppe dans mes bras. Et Dieu fait du bien.

L'odeur dans mes poumons, la chaleur contre mon corps, la sensation de sa taille minuscule et la pression dodue de ses seins de dix-huit ans contre ma poitrine alors qu'elle me frappe avec ses poings et crie pour sa liberté.

« Lâchez-moi ! »

"Arrête de prétendre que tu n'aimes pas ça", je ris, augmentant la pression avec laquelle je la tiens.

"Oh, d'accord, monsieur le prédateur sexuel."

«Il y a une seconde, j'étais M. Abandon», dis-je. « Maintenant, je suis M. le prédateur sexuel ? Lequel est-ce? Je pensais que tu voulais que mes mains soient sur toi ?

Instantanément, Nadia cesse de se tortiller. « Tu as raison, papa. Prenez-moi. Prends moi maintenant."

Elle me regarde avec les yeux les plus conflictuels que j'ai jamais vus. Ce serait le pire sexe que tu aies eu de ta vie, connard. C'est ce qu'elle me dit. Et je n'ai aucun doute que ce serait le cas aussi, malgré le fait qu'elle soit toujours la femme la plus belle qui ait jamais marché sur terre. Elle trouverait un moyen d'entrer dans ma tête, de me donner l'impression de gâcher les choses pour elle - quoi que ce soit, cela me sortirait tellement de l'expérience que je ne pourrais tout simplement pas m'amuser. Ce serait une catastrophe.

"Très bien", je réponds en la relâchant. Je prends la tablette et la tends. "L'endroit est à vous."

Avec un sourire narquois, comme si elle venait de me vaincre dans la plus grande bataille de volontés du monde, Nadia fait défiler jusqu'au bas du bail et tend le doigt pour signer. "À une condition", j'ajoute.

Elle fait une pause et ses yeux se tournent vers les miens.

"Oh? Et qu'est-ce que c'est ?

«Je change le loyer», dis-je avec un sourire machiavélique qui fait baisser ses épaules et son visage commence à se transformer en pierre.

"Malcom," dit-elle lentement. « Je n'en peux plus... Je peux à peine me le permettre tel quel... »

«Je le baisse», je réponds. "En fait, je supprime complètement le loyer."

"Oh, va te faire foutre..." Nadia n'est pas idiote. Elle voit où cela mène.

"Si-"

"Fais-toi baiser, Malcom."

"Si tu couches avec moi tous les soirs." Je souris, attrapant le renflement qui se forme déjà dans mon pantalon. "Et deux matins par semaine."

Chapitredix

Nadia

Que fait Bady en ce moment ? Juste à ce moment-là ? Je me demande. Cela fait un mois que lui et moi avons rompu, et je doute qu'il soit toujours avec Jamie (au moins de manière sérieuse en tout cas), alors je me demande ce qu'il fait. Ce n'est pas comme s'il souffrait de perspectives. Est-ce qu'il se sent désolé pour ce qu'il m'a fait ? Est-ce qu'il pense à moi, ou est-il juste un connard sociopathe qui se sent toujours vaincu par le fait qu'il n'a pas été le premier à mettre sa bite en moi ?

Parce qu'apparemment, c'est tout ce qui compte pour les hommes : mettre leur bite dans les femmes. Je pensais vraiment que Malcom était plus que ça après notre rencontre, mais je suppose que non. Le fait qu'il ne me rappelle pas était la première étape pour le prouver, mais cette petite astuce qui consiste maintenant à m'offrir un loyer gratuit pour le baiser régulièrement est la deuxième étape.

"Tu es vraiment une merde, n'est-ce pas ?" Je demande, sentant mon cœur commencer à se briser. Je soulève la tablette, prête à la lui lancer. Honnêtement, je m'en fiche à ce stade. Tout ce à quoi je pense maintenant, c'est mon objectif et si je peux ou non lui briser le crâne avec un lancer de frisbee. « Tu sais, je pensais vraiment que tu étais un être humain décent... »

Je retire mon bras en arrière, imaginant la tête de cet connard qui vole la virginité, brise le cœur et empoisonne l'âme, s'ouvre comme une pastèque quand on l'enveloppe avec trop d'élastiques - mais juste avant que je puisse le faire, Malcom lève les deux mains dans quelque chose qui ressemble à se rendre.

« Attends, attends, attends, attends, Nadia ! Je rigolais! C'était une blague, d'accord ! ? » En fait, il a l'air sincère, alors je me retiens. "Bady, je n'aurais jamais pensé devoir dire ça, mais d'accord, je vais te facturer le prix total du loyer."

Il sourit, et je peux dire à la façon dont ses lèvres se courbent qu'il plaisantait. Lentement, très lentement, j'abaisse la tablette et je prends une profonde inspiration.

« Tu devrais vraiment arrêter de louer des propriétés et te lancer dans le stand-up, Malcom. Vous pourriez détrôner tout le monde.

Malcom sourit. "Tu penses?"

"Non." Je lui montre la zone de signature au bas du bail. "Alors c'est ici que je signe?"

Il hoche la tête. "Oui."

J'écris mon nom rapidement avant qu'il puisse me raconter d'autres conneries. « Ne t'attends pas à du sexe quotidien, d'accord ? Oranysex, d'ailleurs.

« Vous m'avez retiré les mots de la bouche », dit-il tandis que je lui tends la tablette.

"Excusez-moi?"

"Eh bien, nous savons tous les deux à quel point je te baise," renifle-t-il. "Je ne voudrais pas que tu t'attaches à moi et que tu conduises jusqu'à chez moi à toute heure de la nuit, me réveillant d'un sommeil mort et des choses comme ça."

Je n'ai jamais été une fille avec des problèmes de colère auparavant. J'ai toujours été très pondéré. Je suppose que c'est le résultat du fait d'avoir été élevé avec un père qui a tendance à s'en prendre à pratiquement tout et à rougir face à des choses qui auraient tendance à simplement ennuyer la plupart des gens. Mais en ce moment, j'ai l'impression que tous les organes de mon corps sont prêts à déborder et à sortir de ma bouche comme un volcan en éruption.

J'ai envie de lui arracher son stupide et magnifique visage, de lui donner un coup de pied dans les couilles et de le frapper fort sur la tête avec quelque chose. J'ai envie de crier à mort. Mais je ne veux pas non plus lui faire savoir à quel point il m'a mis (et me met) en colère. Alors à la place, je m'avance et le regarde avec un air suffisant sur le visage.

"Tu sais pourquoi je pense que tu n'as pas pu m'appeler au cours des trente derniers jours, Malcom ?" Je demande.

Il ne s'attendait pas à celui-là, je peux le dire, mais il cache rapidement sa réaction.

"Non, mais je parie que tu vas me le dire."

« Parce que ça » (je fais lentement glisser ma main le long de l'espace entre mes cuisses comme une strip-teaseuse faisant un spectacle pour l'un de ses clients) « était tout simplement trop bon pour que tu puisses le gérer, et tu savais que si tu avais un autre goût, tu le ferais. Être accro."

Je pensais que Malcom rirait, sourirait ou réagirait d'une manière semi-fougueuse et combative comme j'en ai l'habitude, mais à ma grande surprise, sa mâchoire s'abaisse lentement légèrement, et il me regarde juste un instant avant de froncer les sourcils et secouant la tête.

"Femmes. Toujours plein d'eux-mêmes. Puis il se détourne de moi et se dirige vers la porte.

"Excusez-moi?"

"Je vais en imprimer une copie pour toi et demander à Caroline de te l'apporter demain", dit-il en sortant. « Mais vous êtes prêt. N'hésitez pas à continuer à y déplacer vos affaires. C'est un bâtiment interdit aux animaux, mais je suis sûr qu'elle vous en a informé.

Ma tension étant élevée, je le suis dehors. « Les femmes toujours pleines d'elles-mêmes ? Est-ce que tu viens vraiment de dire ça ?

Malcom appuie sur la télécommande pour déverrouiller sa Maserati et ouvre la porte. Il me regarde et sourit. "Quoi, tu veux vraiment avoir un débat avec moi maintenant, Ellen?"

« Hélène ? Qui es-tu, Tucker Carlsen ?

Malcom se contente de rire, monte dans sa voiture et s'éloigne, me laissant seul devant mon nouvel appartement, me sentant beaucoup moins satisfait que je ne devrais l'être en ce moment. Je devrais être heureux, soulagé, excité à l'idée d'aller chercher des meubles et des bibelots dans les friperies pour aménager l'endroit et en faire le mien

– pour en faire une maison – mais au lieu de cela, je suis énervé. Je me demande si j'ai complètement mal jugé Malcom, si j'ai donné ma virginité au mauvais homme et pourquoi diable j'ai même couché avec lui pour commencer.

Il est presque 1h du matin. au moment où je suis complètement installé et déballé. Je déteste absolument bouger. Il n'y a rien de pire que de déménager, j'en suis convaincu. À côté de choses comme la torture et la prison, bien sûr. Mais je parle de choses normales de la vie de gens normaux qui ne sont pas des criminels et ne sont pas envoyés à la guerre. Ensuite, c'est déménager ou devoir faire un double poste qui se transforme en quinze heures quand on t'appelle à l'improviste pour ouvrir alors qu'on te dit que c'est ton jour de congé, et cette serveuse qui te déteste pour des raisons que tu n'arrives toujours pas à comprendre l'est aussi elle travaille et a décidé de faire de ta vie un enfer aujourd'hui parce que son petit ami a rompu avec elle.

Mais en réalité, ça bouge toujours. C'est le pire.

Alors je suis allongé sur ma couette et ma pile de couvertures qui vont me servir de lit ce soir jusqu'à ce que je puisse mettre un vrai matelas ici, regardant le plafond, essayant et échouant de penser à autre chose qu'à Malcom. Mais il est impossible de le sortir de mon esprit.

Pourquoi ne m'a-t-il pas appelé ? En fait, il ne m'a pas donné de raison, et je suis un assez bon juge de caractère. Je veux dire, je savais que Bady n'était pas vraiment intéressé par moi. Je savais que Bianca avait de mauvaises nouvelles pour moi ce soir-là, en rentrant à la maison. Je sais généralement qu'il y a un drame au travail avant que quiconque ne sorte et en parle.

Alors pourquoi ne savais-je pas que Malcom m'utilisait ? Cela n'a tout simplement aucun sens. À moins bien sûr que Malcom ne soit qu'un autre joueur comme Bady, mais cela ne me semble pas non plus.

Je m'assois, prends mes clés et me précipite dehors vers la voiture. Je ne devrais pas faire ça, et je le sais, mais je commence quand même à me rendre chez Malcom. C'est le milieu de la nuit, et je vais ressembler à une salope complètement psychopathe quand j'arriverai là-bas pour demander des réponses, mais je sais aussi que les chances que je m'endorme sans une poignée de médicaments sur ordonnance (ce qui n'est pas le cas) quelque chose que je fais), est d'environ zéro pour cent. En plus, le bail a déjà été signé, et lui et moi avons une... relation particulière. Il ne va pas me virer dès le premier jour pour être arrivé et avoir commencé une merde. Est-il?

Il ne me faut pas longtemps pour atteindre sa maison, mais c'est suffisamment long pour qu'une grande partie de ma confiance s'envole. Je pensais que je pourrais simplement descendre l'allée et marcher jusqu'à sa porte d'entrée, mais ce qui est embarrassant, c'est que je m'arrête et me gare à environ un pâté de maisons et regarde les lumières qui brillent toujours dans le fenêtres. A cette heure, tu piques ? Qu'est-ce que tu fais encore debout ?

C'est tellement humiliant. Tout ce qui s'est passé entre Malcom et moi a été un mauvais choix. Il y a une oppression dans ma poitrine qui semble s'étendre, me saisissant comme le poing d'un très grand homme déterminé à m'écraser dans de la pâte Nadia. Je devrais vraiment rentrer à la maison. Je sais que. Et je suis sur le point de le faire – je le suis vraiment – mais c'est à ce moment-là que la voiture avec la jolie fille arrive.

Une fille magnifique. Même si elle a les cheveux relevés, elle porte du maquillage et du rouge à lèvres qui la font ressembler à un mannequin. Elle fait exactement ce que je voulais faire et s'arrête jusqu'à la porte de Malcom, se gare, sort et marche jusqu'à sa maison, vêtue d'une jupe noire moulante et de talons que j'entends cliquer-claquer dans la nuit d'où je suis. Je suis garé.

Elle n'a même pas le temps d'atteindre la porte et de frapper avant qu'elle ne s'ouvre et Malcom apparaît vêtu d'un short court et d'un débardeur qui montre ses bras déchirés qui rendraient la culotte de n'importe quelle fille humide en un instant après un seul coup d'œil.

Il la rattrape alors qu'elle se jette presque sur lui, et je le regarde avec une horreur absolue alors qu'il l'entraîne dans la maison et ferme la porte derrière eux.

Chapitre 11

Nadia

Je suis en train de fumer. Je pourrais littéralement chauffer tout l'immeuble si j'y retournais maintenant et tous les locataires se demanderaient pourquoi leurs logements étaient si chauds, malgré le fait qu'ils ont éteint le chauffage il y a des heures.

Juste un autre connard. Je ne sais pas pourquoi je me suis permis de penser quelque chose de différent à propos de Malcom, mais je l'ai fait. Mais il est allé de l'avant et a montré ses vraies couleurs. C'est un Serpentard, un Lannister. Un salaud sournois et narcissique qui se débrouille pour lui-même. Il ne sait pas que je suis là à regarder, mais je doute que cela lui importe s'il le savait à ce stade. Il a obtenu de moi ce qu'il voulait et j'ai signé son bail. Qu'est-ce qui lui importe encore de ce que je pense ?

Mes yeux parcourent chaque centimètre carré de sa maison depuis l'endroit où je suis garé. Que font-ils là-dedans ? Je me demande. Qui est-elle ? Pourquoi s'est-elle jetée sur lui comme ça ?

Des images terribles inondent mon esprit lorsque je les imagine ensemble - quelque chose qui s'apparente à ma propre pornographie d'horreur alors que je pense à lui lui faisant des choses qui sont similaires à celles qu'il m'a faites et qu'elle les apprécie autant que moi. Peut-être même plus. Peut-être qu'elle est plus expérimentée que moi et qu'elle est plus capable de se détendre que moi, et par conséquent, elle aura environ cinquante-cinq orgasmes avant de s'évanouir dans ses bras.

Et le matin, il lui préparera du bacon, des œufs et des toasts...

"Putain de merde!" J'engage ma voiture et la mets au sol, grinçant des dents tandis que j'accélère le bloc et me glisse dans son allée, mes pneus hurlant comme si j'étais au milieu d'une poursuite dans un film hollywoodien.

Ouais, voici cette psychopathe qui m'inquiétait plus tôt. Elle sort et je ne pense pas pouvoir l'arrêter.

Je me dirige directement vers la voiture de cette autre fille – quelle qu'elle soit – Miss Robe Noire et Talons. Si je ne freine pas bientôt, je vais percuter la voiture, totaliser les deux véhicules et finir probablement à l'hôpital aussi. Bon sang, Malcom, espèce de fils de pute. Je peux sentir mon cœur battre à tout rompre de douleur. alors que mes yeux se brouillent de larmes.

À la dernière seconde, je fais un écart et j'appuie sur le frein. L'avant de ma voiture manque de peu le pare-chocs arrière de la garce, et je m'arrête en glissant sur la pelouse de Malcom, arrachant l'herbe en deux longues bandes, évitant de peu le désastre.

Ouais, ils ont entendu ça, je pense alors que je saute de la voiture et me dirige rapidement vers la porte d'entrée. Je n'ai jamais eu de crise d'angoisse auparavant, mais j'ai eu des problèmes d'anxiété, et cela en fait certainement partie lorsque je tends la main et saisis la poignée de la porte d'entrée de Malcom.

Il est déverrouillé, alors je me laisse entrer alors que Malcom et la garce en robe noire et talons sortent du salon. Seulement maintenant, elle ne porte plus de robe noire et de talons ; elle porte un short et un T-shirt, comme si elle avait enfilé quelque chose en panique lorsqu'elle a entendu quelqu'un à la porte – elle a enfilé quelque chose parce qu'elle était nue il y a deux secondes.

"Qu'est-ce qui se passe, Nadia?" » crie-t-il en essayant de jeter un coup d'œil par-dessus mon épaule à travers l'une des fenêtres près de la porte pour voir les dégâts que je viens de créer. "Que fais-tu?"

"Que suis-je en train de faire?" Je me moque. "C'est riche." Je pivote mes yeux vers la fille puis reviens vers lui. "C'est riche venant de toi en ce moment."

Le visage de Malcom se durcit et il croise les bras sur sa poitrine. « Vous plaisantez, n'est-ce pas ? C'est de ça qu'il s'agit ?

La fille rit. "Il n'y a pas moyen-"

Malcom la fait taire d'un geste de la main. Wow, ils doivent être vraiment proches tous les deux. Soit ça, soit elle n'a tout simplement pas les couilles pour se défendre.

"Comment avez-vous même... est-ce que vous me traquez ou quelque chose comme ça ?" » demande Malcom.

"Non, je ne te traque pas", dis-je sèchement. « Et ne change pas de sujet non plus. Tu ne m'appelles pas pendant trente jours, et ensuite je te retrouve avec elle ?

Cette fois, la fille a éclaté de rire comme si j'étais Don Rickles et elle était Frank Sinatra et je viens de lui raconter la blague la plus drôle de ma carrière. Malcom lève la main pour la faire taire, mais cette fois, elle l'ignore complètement et s'appuie contre le mur avec une main sur son ventre comme si ses tripes pourraient lui tomber si elle rit plus fort.

« Est-ce que quelque chose de drôle ? Dis-je, sentant la colère en moi menacer de submerger l'anxiété. Je ne peux même pas commencer à décrire à quel point je me sens blessé alors que je fais de mon mieux pour repousser les images de Malcom et d'elle en train de s'affronter sur le canapé. Je parie que ses doigts sentent sa chatte en ce moment. je veux m'approcher de lui. « C'est quelque chose de drôle à propos de me guider alors que tu as une autre femme ici ? Combien d'autres femmes as-tu, Malcom ?

La fille ricane toujours tandis que Malcom lève les mains et s'approche lentement de moi. Je recule.

"Nadia, respire."

"Réponds-moi!" J'essaie de ne pas crier. Ne soyez pas hystérique. Bien sûr, j'ai déjà échoué dans ce domaine.

"Nadia, voici Nikki", dit-il doucement. "Elle est ma soeur."

L'embarras m'envahit comme la vague d'un tsunami. Je jette un coup d'œil à Nikki, qui rit toujours, mais qui fait clairement de son mieux pour se reprendre en main.

«Ta sœur...» je répète lentement.

"Oui." Malcom hoche la tête. "Elle a des problèmes avec son mari, que je n'aime pas, pour mémoire, et a décidé de venir pleurer sur l'épaule de son grand frère ce soir après que leur rendez-vous prévu ne se soit pas déroulé comme elle l'espérait."

"Oui, tu ne l'aimes pas", intervient Nikki, d'une voix tranchante. "Vous me l'avez rappelé à plusieurs reprises."

"Et je t'ai emmené chez moi encore beaucoup..."

"D'accord, d'accord", gémit Nikki en agitant la main. "Que veux tu que je dise? Merci? Je l'ai déjà dit.

Mon cœur se serre. Je suis à bout de souffle. L'ampleur de l'erreur que j'ai commise ce soir, pourrait-elle être encore plus grande ? Je peux sentir mon pouls s'accélérer dans mes mains, dans mon cou, dans mes orteils. Je dois sortir d'ici.

"Je vais y aller", dis-je en me tournant vers la porte. Mais alors que je tends la main vers la poignée de porte, je sens la main de Malcom sur mon poignet.

"Whoa, attends une seconde là." Il me fait tourner vers lui comme si nous dansions et m'attrape dans ses bras. Mais je ne peux même pas le regarder. Je tourne la tête et regarde le mur, où est accrochée une peinture représentant un littoral alors que le soleil se couche. "Tu ne pars pas pour le moment."

"Je ne suis pas?" Ma voix est à peine un murmure. Il me dit quoi faire, et pour une raison quelconque, je suis presque heureux de le laisser faire. Oui, dirigez-moi. J'ai besoin que tu le fasses.

"Non. Pas pour le moment, ce n'est pas le cas », dit-il. « Nikki, va dormir dans la maison d'hôtes. Nous en parlerons davantage demain matin.

"D'accord, patron." Je suis sûr qu'elle a plus à dire, mais elle est gentille avec moi pour une raison quelconque. Mon Dieu, pense à quel point je dois avoir l'air horrible en ce moment pour qu'elle fasse ça. Je garde les yeux sur le tableau mais j'entends ses pas alors qu'elle sort par l'arrière. Une fois la porte fermée, Malcom me prend par le menton et m'oblige à lever les yeux vers lui.

«Je ne te ferais jamais ça», dit-il fermement, les yeux remplis de sincérité. "Je ne suis pas comme ton ex."

« Bien sûr que non. Nous ne sortons pas ensemble, Malcom," je réponds, un peu méchanceté. "Vous l'avez dit très clairement lorsque vous ne m'avez pas appelé."

Pour la première fois depuis que je l'ai rencontré, je vois Malcom faiblir. Il fait une pause comme s'il allait dire quelque chose, puis s'arrête et choisit visiblement autre chose.

"J'avais mes raisons."

"Oh?" Je demande. "Et qu'est-ce que c'était ?"

À ma grande surprise, je sens sa main glisser sous ma chemise et prendre ma poitrine. Je devrais l'attraper et le sortir de là – Non, vous ne pouvez pas faire ça pour le moment – mais je ne le fais pas. Je le laisse faire et tout mon corps prend vie.

"Je ne sais pas si la fille qui vient de déchirer ma pelouse et est entrée en trombe chez moi à une heure du matin peut me demander quoi que ce soit en ce moment", répond Malcom avec un sourire, déplaçant sa prise sur mon autre sein et serrant le sein. mamelon avec juste ce qu'il faut de pression.

"Oh, c'est vrai?" Je demande. "Mais le gars qui ne m'appelle pas depuis un mois a accès à mon corps ?"

"Tu m'as donné ta virginité", répond-il en glissant sa paume sur mon ventre jusqu'à ce qu'il atteigne l'ourlet de mon pantalon. Il appuie sur le bouton et glisse deux doigts à l'intérieur. "J'ai accès à ton corps quand je veux, pour toujours."

C'est fou. Je ne pense pas que je devrais laisser cela se produire maintenant, mais je n'ai pas non plus la capacité de l'arrêter. Non, ce n'est pas vrai, je ne veux pas l'arrêter. La façon dont il me prend comme si je lui appartenais m'excite d'une manière très primaire. Je devrais être furieux et le pousser à s'expliquer sur les trente derniers jours, mais alors que ses deux doigts trouvent mon clitoris, je ne peux rien faire d'autre que m'affaler en avant et laisser mon visage tomber contre sa poitrine forte et virile.

«Je... nous ne devrions pas», je balbutie dans un murmure.

"Oh, oui, nous devrions le faire", répond Mal, sa voix étant un grognement à mon oreille. "Et nous allons le faire."

Chapitre 12

Malcolm

Le divorce de mes parents a été la chose la plus difficile que j'ai jamais vécue. Je n'ai jamais suivi de thérapie pour cela, et ma sœur non plus. Nous aurions dû le faire, et je le sais maintenant. Elle et moi avons vécu cela de différentes manières. Je suis devenue ce qu'on pourrait appeler « une joueuse » et Nikki a décidé qu'elle pouvait prendre le chemin inverse et faire exactement ce que maman et papa ne faisaient pas.

Elle pourrait trouver le bon homme, tomber amoureuse, l'épouser et faire en sorte que tout fonctionne. Elle ne tricherait pas, elle ne tomberait pas amoureuse de quelqu'un d'autre, et ils auraient une relation de conte de fées parfaite presque par dépit, presque pour dire à ma mère : « Tu vois ? C'est ce que tu aurais dû faire.

Elle a retrouvé son homme, Thomas, juste après le lycée, et a fait de son mieux pour que tout se passe le mieux possible. Et ils l'ont fait pendant un certain temps – pendant un certain temps.

Les choses dans leur relation ont commencé à se détériorer. Ce n'était rien de majeur. Ce n'était pas tout d'un coup. Mais de temps en temps, je me retrouvais à l'accueillir alors qu'elle ne supportait tout simplement pas d'être à la maison avec son mari. Parfois, elle restait deux nuits avant de rentrer chez elle pour remettre les choses au clair. Et si je n'avais pas déjà une assez mauvaise vision des relations et de l'amour, le mariage de Nikki et Thomas n'a pas vraiment aidé.

Mais ce soir, alors que je tiens Nadia dans mes bras et que je sens sa peau douce contre mon corps, et que je regarde dans ses yeux innocents qui me regardent avec tant de besoin, une merveille qui, il y a quelques instants, me demandait : Comment as-tu pu me faire ça ? Je me demande si les conclusions que je tire du divorce de mes parents, de la relation désintégrée de Nikki et Thomas, ne sont pas toutes fausses.

J'écarte les plis avec mes deux doigts et trouve son clitoris, bien humide et prêt pour moi. Ouais, c'est ce qu'elle veut, malgré les répliques verbales qu'elle me fait. Tout ce que j'ai à faire, c'est d'appliquer la moindre pression sur son petit bouton, et tout son corps prend vie. Son dos se cambre et ses hanches se replient vers moi, et je dois déplacer ma prise vers le haut de son dos pour l'empêcher de tomber en arrière alors que ses jambes s'affaiblissent.

Un gémissement sensuel tombe de ses belles lèvres, et je regarde attentivement la convoitise envahir son visage et ses yeux se concentrer sur les miens, remplis de pure soumission et de désir. Fais ce que tu veux de moi, disent-ils. Et mon Dieu, n'ai-je pas besoin qu'on me le dise deux fois.

Mon pouls s'accélère alors que j'entoure son clitoris du bout de mon doigt. Son corps commence à trembler alors que je la tiens. Il fait tellement chaud, mais ce n'est pas suffisant. J'ai besoin de la voir. J'ai besoin de tout voir d'elle.

D'un seul mouvement, je la soulève de manière à lui faire savoir qu'elle est censée enrouler ses jambes autour de ma taille – et elle le fait. Et puis je monte les escaliers et dans ma chambre, où je la jette sur mon lit et commence rapidement à déchirer ses vêtements comme s'ils pouvaient l'empoisonner ou commencer à brûler ses couches de peau.

"Mal..." gémit-elle alors que je la déshabille pour lui mettre son magnifique costume d'anniversaire. Je l'entends, mais à peine. Sa beauté et ce maquillage (si c'est ce dont il s'agit) m'ont farouchement perdu à l'instant où je me mets à genoux et presse mes lèvres contre les siennes - les lèvres douces, humides et roses entre ses cuisses que je sais juste qu'elles implorent d'être léchées et aspiré par moi en ce moment même. Elle crie. "Oh mon Dieu!"

Je glisse ma langue dans son trou – la goûtant et imitant la pénétration – puis je traîne mon bulbe charnu dans sa vallée humide jusqu'à ce que je retrouve son clitoris. Seulement cette fois, je le prends dans ma bouche et commence à le sucer doucement. Cela rend Nadia absolument folle. Elle commence à se débattre sur le lit, arrachant les couvertures tandis que des gémissements et des gémissements sensuels s'écoulent de sa bouche.

C'est ça, ma chérie, j'ai envie de dire, mais j'ai la bouche pleine. Viens chercher papa.

Regarder vers le haut est un spectacle tellement délicieux. Ses seins d'adolescente sont des monticules parfaits et gais qui rebondissent et se balancent à chacun de ses mouvements, faisant palpiter ma bite d'un désir féroce. Je meurs d'envie d'être en elle. Mais d'abord, je vais finir ce que je fais.

"Mal, je ne peux pas..." balbutie-t-elle alors que son corps commence à trembler encore plus. "Je ne peux pas."

Oh, oui, tu peux, je veux lui dire. Et tu vas le faire. Mais je ne retire pas mes lèvres du savoureux petit bouton de plaisir. Je ne change pas le rythme avec lequel je suce. Tout ce que je fais, c'est continuer ce que je fais pour que Nadia puisse atteindre là où elle doit arriver. Et si je sais quelque chose, elle est là.

Je lève la main et saisis ses seins à deux mains. Mon pouce et mon index se referment autour de ses mamelons et son dos se cambre encore plus fort hors du lit. Bady, elle a l'air si belle que c'est presque impossible. Si je voyais une photo de ça maintenant, je penserais que c'est l'IA. générée, elle a l'air si belle.

"Mal!" haleta-t-elle, se baissant et saisissant une main dans mes cheveux. "M-Mal!"

Elle est juste là. Tout ce que j'ai à faire, c'est ce que je fais pendant quelques secondes de plus – et c'est exactement ce que je fais. Et puis ça arrive.

Tout le beau corps de Nadia se tend. Chacun de ses muscles est tendu et ses cuisses se serrent autour de ma tête comme une paire de pinces charnues. Je souris alors qu'un gémissement s'enferme dans sa gorge, luttant pour être libéré alors que son orgasme la retient, la paralysant un instant comme une statue alors que je tiens ma langue à plat contre son clitoris avec juste ce qu'il faut de pression pour la faire jouir. mais pas pour la surstimuler et la pousser à se tortiller.

"Putain!" » crie-t-elle alors que ses muscles se débloquent enfin et elle s'effondre contre le matelas avec une combinaison de gémissement et de soupir satisfait qui est plus que de la musique à mes oreilles. Très lentement, je retire ma langue et me déshabille tout en la regardant, haletant sous moi, son visage recouvert d'une fine couche de sueur, juste assez pour la faire briller. "Oh mon Dieu, Mal, c'était incroyable. Tu es incroyable."

Je devrais avoir une réplique charmante pour elle ici – ou je devrais au moins être capable de lui faire un sourire charmant alors que je m'abaisse sur elle et me prépare à me glisser à l'intérieur. Après tout, c'est ainsi que notre relation s'est toujours déroulée jusqu'à présent.

Mais je ne peux pas. Les choses ont changé.

Cette fois, alors que je me glisse à l'intérieur de Nadia et que je regarde ses magnifiques yeux, je suis frappé directement à la poitrine par une sensation que je n'ai jamais ressentie auparavant. C'est cependant un sentiment que je savais que j'allais ressentir si je la rappelais – si je laissais notre relation se poursuivre. Un sentiment qui me terrifiait à cause du divorce de mes parents. À cause du mariage raté de Nikki. Parce que je crois qu'en fin de compte, les choses ne se passeront pas comme vous le pensez.

Amour.

J'enroule mes bras autour d'elle alors que je commence à bouger mes hanches et à la bercer comme je ne l'ai jamais bercé, ni aucune autre femme, auparavant. Il doit y avoir quelque chose qui se passe dans mes yeux ou qui est écrit sur mon visage car Nadia me regarde fixement et me caresse doucement la joue du revers de la main.

"Mal, qu'est-ce qu'il y a ?" elle demande.

Ce n'est pas seulement un pur plaisir que je ressens lorsque je bouge en elle. C'est plus, bien plus. Il y a un lien qui se crée entre nous maintenant.

«Quand tu es venu ici...» Je souris. «Quand tu pensais que Nikki et moi étions ensemble, et que j'ai vu cette expression sur ton visage...» Nadia tente de détourner le regard, mais je l'arrête et la force à me regarder directement dans les yeux. "Quand j'ai vu ton expression et que j'ai réalisé que j'étais sur le point de te briser le cœur, cela m'a fait comprendre quelque chose sur moi-même, Nadia."

"Qu'est-ce que c'était ?" elle demande.

"Tu veux savoir pourquoi je ne t'ai pas appelé?" Lentement, elle acquiesce. Je peux voir l'hésitation sur son visage. "J'avais peur que si je me permettais de me rapprocher de toi à nouveau, d'être à nouveau avec toi, je tomberais amoureux de toi."

Ses lèvres s'étirent en un petit sourire. "Espèce de connard."

"Mais quand tu es venu ici ce soir, j'ai réalisé quelque chose."

"Qu'est ce que c'est?"

"Que je suis déjà amoureux de toi."

Des mots que je n'aurais jamais pensé prononcer sortent de ma bouche. J'ai peut-être pris la virginité de Nadia, mais tout à coup, je me sens moi-même comme un homme entièrement nouveau.

Ses yeux commencent à se brouiller, puis les larmes coulent. Elle passe ses bras autour de mon cou et je ne sais pas qui se penche pour embrasser qui, mais nous finissons presque par nous dévorer dans le baiser le plus passionné qui soit alors que nous continuons à faire l'amour dans mon lit, un endroit dont je ne veux jamais. qu'elle reparte pour toujours.

"Je t'aime aussi", murmure-t-elle alors que je continue à me défouler en elle, l'étirant avec ma virilité gonflée, me rapprochant de plus en plus de l'apogée.

"Je suis vraiment désolé, ma chérie..."

« Chut », dit-elle en secouant la tête. "C'est bon. Baise-moi.

Et je fais. Je la frappe fort jusqu'à ce que nous arrivions tous les deux exactement en même temps. Je décharge en elle, souhaitant qu'elle ne prenne pas la pilule pour pouvoir la reproduire pleinement et la faire mienne pleinement et complètement pour toujours. Ensuite, nous restons allongés là pendant ce qui semble être des heures, traçant simplement les lignes des corps de chacun, sans même rien dire, jusqu'à ce que je mette enfin fin au silence.

"Je romps ton bail."

Nadia me regarde avec inquiétude pendant une milliseconde avant de réaliser qu'il doit y avoir autre chose dans ce que je dis. Elle sourit et se rapproche. "Oh ouais?"

"Ouais." J'acquiesce. "Tu n'en auras pas besoin parce que tu emménages avec moi."

Épilogue

Malcolm

Cinq ans plus tard...

Être honoré pour quelque chose est étrange. Il n'y a pas beaucoup de gens qui peuvent s'identifier, mais j'en fais partie, et je peux attester que c'est très étrange et difficile à naviguer.

Il y a trois ans et demi, j'ai pris une partie de mon argent, j'ai rénové un de mes vieux bâtiments décrépits et j'ai ouvert un refuge pour victimes de violence domestique en ville. J'étais peut-être l'argent derrière tout cela, mais Nadia était l'inspiration. C'est elle qui m'a vraiment fait réfléchir à ce que je faisais pour aider la communauté, autre que simplement facturer un loyer et être un cran au-dessus d'un propriétaire « racaille de la terre ».

Ses paroles ont vraiment eu un impact sur moi, alors j'ai mis le projet en marche et lui ai confié la coordination avec la ville, les travailleurs sociaux et les différentes organisations de femmes qui aideraient à faire démarrer et à faire fonctionner les choses. Et elle l'a tué. Il n'y avait pratiquement aucun temps d'attente entre le moment où le bâtiment était approuvé et inspecté et le moment où il était prêt à accueillir des personnes.

Deux ans et demi plus tard, la ville a décidé qu'il était temps de m'honorer. Si discrètement, ils m'ont invité, moi et ma famille, à la mairie pour me remettre une plaque du Good Citizenship Award. C'était une petite cérémonie tranquille, mais Nadia était tout sourire tout le temps. Ryan, mon fils de trois ans, faisait semblant de s'en soucier et se comportait bien, mais il voulait clairement sortir et faire quelque chose de plus divertissant.

Le jour de sa naissance, c'est à ce moment-là que le sol a vraiment tremblé sous mes pieds. Nadia a emménagé avec moi immédiatement et je savais... je savais juste que j'allais l'aimer pour le reste de ma vie, et que si je voulais même avoir une vie avec elle, je devais mettre mes craintes que les choses ne fonctionnent pas. derrière moi et fais confiance à mon cœur.

Alors j'ai proposé, et elle a dit oui.

Nous étions mariés et elle m'a donné Ryan. La terre entière a tremblé sous mes pieds quand il est né. L'amour de ma vie est devenue la mère de mon enfant, ainsi que ma partenaire en affaires. Elle m'aide dans la gestion de mes bâtiments, maintenant que je continue de m'agrandir, mais plus encore, elle s'occupe de mon abri. Elle a tout planifié à partir de zéro, et elle le gère comme si cela lui appartenait, ce qui, en ce qui me concerne, c'est le cas. Nous parlons même d'ouvrir quelques villes supplémentaires dès que nous trouverons le bon terrain. Et une fois que nous l'aurons fait, je suis sûr qu'elle prendra les choses en main et fera en sorte que les choses se passent bien, comme avant.

Malheureusement, Nikki n'a pas réussi à arranger les choses avec Thomas, mais elle voit quelqu'un de nouveau maintenant, que j'aime vraiment, et jusqu'à présent, les choses se passent bien avec eux. J'ai bon espoir qu'ils parviendront à le faire fonctionner. Cela fait à peine deux ans maintenant, et jusqu'à présent, il n'y a pas eu de visites paniquées au milieu de la nuit, c'est donc un bon signe.

Je regarde Nadia maintenant alors qu'elle descend les escaliers depuis la chambre de Ryan, ressemblant à une déesse dans sa robe beige et ses talons avec ses cheveux en boucles magnifiques tombant sur ses épaules, et je repense à cette nuit où nous nous sommes rencontrés au bar. Imaginez si Jared ne l'avait jamais laissée entrer cette nuit-là ? Nous ne nous serions même jamais rencontrés.

"Pensez-vous que c'était trop pour la mairie ?" demande-t-elle en désignant sa robe. Elle était inquiète avant notre départ – inquiète que ce soit trop sexy ou que ce soit une absurdité.

«Je t'ai dit non», je réponds.

"Tu ne penses pas que c'était trop... sexy?"

Je la regarde atteindre la marche du bas et venir vers moi. Bady, une demi-décennie, et je ne peux toujours pas la quitter des yeux. Combien de maris peuvent dire cela de leur femme ? Cinq ans et nous sommes toujours aussi fougueux.

Nous y allons comme deux adolescents essayant de battre un record du nombre de fois que nous pouvons le faire en une semaine, et nous n'avons jamais non plus aucun de ces moments ennuyeux dont vous entendez toujours les gens parler. Vous connaissez ceux où la soirée consiste simplement à discuter de ce qu'il faut commander dans des plats à emporter, puis peut-être à se disputer sur l'émission Netflix à regarder, puis à se coucher et à jouer au jeu lequel d'entre nous peut s'endormir le plus vite. en regardant nos écrans de téléphone.

C'est comme vivre un fantasme. Toute témérité que j'avais à propos du mariage, de m'abandonner à une femme, tout a disparu. Et Nadia en est responsable.

"Non, je pense que tu es trop sexy." Je souris, enroulant mes mains autour de sa taille et en l'attirant vers moi. "Et par conséquent, toute robe que vous achèterez sera trop sexy."

"Oh, espèce de charmeur", se moque-t-elle avec un sourire.

"À moins bien sûr que nous t'enveloppions dans une bâche bleue", je suggère, en me penchant et en embrassant son cou pendant que je baisse la bretelle gauche de sa robe et fais glisser son bras. "Ou des boîtes de crème à raser."

Nadia gémit alors que je remonte son cou. Mon Dieu, elle sent délicieux. On pourrait penser que je me serais déjà habitué à son parfum, mais c'est comme si mon corps ne me le permettait tout simplement pas. C'est comme s'il ne voulait pas que je le fasse, pour que je puisse profiter de moments comme celui-ci.

"Hmm, je pense que nous pourrions probablement sauter ça", rigole Nadia alors que je tire sur sa deuxième sangle, exposant ses seins. Ils ont grossi après sa grossesse mais ont conservé leur gaieté en même temps. Elle est juste un pur sex-appeal ambulant maintenant. Je peux à peine supporter d'être avec elle maintenant sans bander.

"Alors tu vas devoir arrêter de t'inquiéter, ma chérie," je murmure. "Parce que tu sais que tu es tout simplement trop sexy."

J'embrasse sa poitrine jusqu'à son sein gauche et prends son mamelon dans ma bouche, la faisant haleter.

"Eh bien, combien de femmes peuvent dire qu'elles ont un mari honoré par la ville?" Elle gémit. Je peux la sentir me taquiner légèrement, mais elle le pense aussi en quelque sorte. Je passe la main derrière elle et glisse mes mains sur sa robe et je sens qu'elle ne porte pas de culotte. Et c'est tout ce qu'il faut pour me pousser à bout.

Je la tiens dans mes bras et je la porte jusqu'au canapé avant qu'elle n'ait le temps de crier. J'adorerais l'amener dans ma chambre, mais c'est trop près de celle de Ryan pour les choses que je vais lui faire et le bruit qu'elle va faire en réponse.

Ses yeux s'illuminent de désir alors que je la pose et soulève sa robe, exposant sa petite chatte nue. Elle a pris l'habitude de laisser juste une petite touffe de cheveux au-dessus comme décoration, disait-elle, et elle est là maintenant, comme un joli petit cadre au-dessus de l'événement principal.

J'ai tellement envie de pénétrer en elle que je ne prends même pas la peine d'enlever ma chemise. J'enlève simplement mon pantalon et m'allonge sur elle pendant qu'elle écarte les cuisses pour moi. Bady, je n'en aurai jamais assez de sa fente rose scintillante ou du son qu'elle fait lorsque je me glisse à l'intérieur.

"Tout l'honneur du monde ne voudrait rien dire sans toi, Nadia", je grogne en la sentant se répandre autour de mon axe. J'arrache une poignée de ses cheveux et tire sa tête en arrière, exposant davantage sa gorge pour que j'y presse mes lèvres. "Je n'en aurai jamais assez de toi."

"Jamais?" Elle gémit.

"Jamais. Tu te sens tellement incroyable.

"Tout de suite atcha", sourit-elle, m'emmenant alors que je commence à pomper plus vite.

"Tu m'as changé, bébé," lui dis-je. "Tu es mon amour. Mon partenaire. La mère de mon enfant... »

"J'adore quand tu me parles", gémit-elle.

Je caresse son visage avec ma paume, enfonçant fort mes hanches, la coinçant dans les coussins du canapé avec une force énorme. "Putain, c'est comme la première fois que je te baisais. Tu es toujours comme une vierge, bébé.

"Ouais?"

Je la sens déjà se serrer contre moi – le reste de son corps se tend. Je saisis ses seins et l'embrasse partout, férocement, comme le maniaque que je suis quand je suis en elle.

"Ouais. Ta petite chatte trempée est comme le paradis pour moi, bébé. Je n'en aurai jamais assez.

Je laisse mes dents effleurer doucement son cou, puis je rapproche mes lèvres pour un baiser.

"Oh mon Dieu, Mal!" crie-t-elle en me saisissant le dos à deux mains. Elle serre aussi fort qu'elle peut. Si elle était plus forte, elle me mettrait en pièces. "Oui! Oui!"

"Dis-le," je grogne. "Dis-le, ma douce chose!"

"Je viens!"

Son corps tout entier tremble sous moi et elle enfouit son visage dans mon épaule alors qu'un long gémissement s'échappe de ses lèvres. En même temps, ma bite éclate, pulvérisant ma semence en elle, recouvrant ses parois douces et chaudes tandis que j'enfonce ma virilité aussi profondément que possible et la laisse là, déchargeant mes couilles alors que son corps se cambre et se tend, frappé de plaisir. .

Nous travaillons parfaitement ensemble dans tous les aspects de la vie, qu'il s'agisse de préparer un repas, de monter le refuge ou d'avoir le meilleur sexe du monde. Ce n'était pas un hasard si j'ai rencontré Nadia dans ce bar ce soir-là ; c'était le destin. J'étais un homme brisé. Je ne m'en suis pas rendu compte à ce moment-là, mais elle m'a aidé à le comprendre, et pas seulement cela, elle m'a soigné.

"Dieu que je t'aime." Je souris.

"Je t'aime aussi", rigole-t-elle en retour. "Espèce de racaille de propriétaire terrien."

LA FIN

Don't miss out!

Visit the website below and you can sign up to receive emails whenever Ashley Colem publishes a new book. There's no charge and no obligation.

https://books2read.com/r/B-A-TMQAB-DWMTC

BOOKS 2 READ

Connecting independent readers to independent writers.

Did you love *L'extase de l'interdit: Après que Nadia découvre que Bady la trompe*? Then you should read *Amour Improbable*[1] by Ashley Colem!

[2]

Gabriel Cole n'a pas beaucoup de temps pour ses propres problèmes. Mais lorsque sa mère revient d'un week-end à Las Vegas, mariée à un homme qu'il n'a jamais rencontré, il décide d'enquêter. Il s'avère qu'elle s'est associée à un escroc qui a laissé derrière lui une traînée d'épouses abandonnées et de créances irrécouvrables. Lorsque Gabriel apprend que son nouveau beau-père a une fille, il décide d'enquêter également sur elle. Il ne sera pas prêt à lui donner tout ce qu'elle veut jusqu'à ce qu'il rencontre sa nouvelle demi-sœur.

Elena est infirmière à domicile auprès des jeunes mamans. Mais elle a décidé de prendre les choses en main car elle a besoin d'un enfant.

---

1. https://books2read.com/u/bxB7Ml

2. https://books2read.com/u/bxB7Ml

Même si ce n'est pas idéal, elle a hâte de trouver l'homme parfait. Mais un appel téléphonique lors d'une dernière mission menace de faire dérailler tous ses plans soigneusement élaborés.

Ce roman contient beaucoup d'enfantillage et est un délice sale et gluant.

Also by Ashley Colem

Bien Trop Brutal

Obsede Par Elle

Limite dépassée

Amour Improbable

Kataliya, la Parfaite Élue

Le Choix Ultime d'un Seul Amour

Réveille-toi, Barbara

Sexe à Répétition

Taïna est en feu

Captive d'une Nuit Enneigée: Jusqu'à ce qu'elle apparaisse et que son âme se sente captivée

Ces Attouchements Tabous: Cette nuit-là, il a changé ma vie pour toujours

Épuisement: Sienna est peut-être jeune, mais son corps sait ce dont il a besoin

Il va l'avoir: William veut Jesse plus que tout au monde

La Femme de ses Rêves: Il est obsédé par la jeune beauté qui lui a volé son cœur

Le No 1 des Connards: Il ne cherche pas d'excuses pour ce qu'il est ou ce qu'il fait

L'étrange Mariage du Milliardaire

Maintenant... Elle est à moi pour Toujours: Je mets un bébé dans son ventre et une bague en diamant à son doigt

Piégé par elle

Tenir si Fort: Il ne savait pas qu'une obsession pouvait s'emparer de lui aussi fort

Un Alpha de Mauvais Caractère: Aucune femme n'a jamais été capable de le gérer

Un Échange Très Étrange: Le destin de Cian et de Serenity, croisés dans un lycée américain

Limite Superato

Amore Improbabile

Kataliya, la Perfetta

La Scelta Definitiva di un Singolo Amore

Sesso ripetuto

Taina è in Fiamme

Esaurimento

Intrappolato da lei

La Donna dei Suoi Sogni

Lo Stronzo #1

Ora è mia... per sempre

Prigioniero in una Notte di Neve

Sta per Averla

Stringere Così Forte

Obsession: Tout a changé la première fois que Jackson a vu Dina

Svegliati, Barbara: Stare con Clark diventa un grosso problema

Agarra tan Fuerte

Atrapado por ella: La persona a la que quería hacer daño resultó ser la única que le había llegado al corazón

El Éxtasis de lo Prohibido: Después de que Nadia descubre que Bady la engaña

El gilipollas nº 1: No pone excusas por lo que es o por lo que hace

L'estasi del Proibito: Dopo che Nadia scopre che Bady la tradisce

L'extase de l'interdit: Après que Nadia découvre que Bady la trompe